誘惑

顏敏如 著

天，陰著。鉛重。我半開著眼睛，從窗帘的縫隙間看到外面的雨勢不小，在昏暗溫暖的房裡卻只隱約聽到雨聲。我平躺床上，一動不動。聽了許久的雨聲，了無思緒。或者，過去幾個月，經歷太多，起伏劇烈，腦子乏了，身體累了。是種驚嚇與痛心之後的空無。是種沉重的不思不想。現在，除了下雨，整個世界彷彿靜止了下來。這一大片落地窗的隔音品質確實好，當初依第的選擇是對的。她認為，在這半山腰上居住，雖然塵囂遠離，要聽什麼或不聽什麼，仍然要自己決定。翻了個身，把臉埋進柔軟的水藍被子裡，眼睛閉上了，腦子卻是無比清透。那麼，我的確是睡飽了。多少日子以來的第一次？

兩個月，不，再幾天就是三個整月了。在時序上三個月是一季，只是天氣並不這麼決定，它可以是一週兩季，或者三週一季。天氣自己有個巨大的時鐘，鐘擺既不受齒輪的調配，更不受地心引力的牽涉。左擺停三秒鐘，右擺停兩小時。天候總是隨興。

事情發生的前幾天就有颱風預報。如同以往，我根本不把預報放在心上。因為風雨從來不會對我造成不便或構成威脅。不論是工作上提供的，還是自己車庫裡停放的，我總是有上好的座車待命，體面出行從來就不是問題。學生時代，這種對風雨的輕忽更加劇烈。倒不是那時已經有車代步，而是讓風雨欺凌澆灌得衣服溼透頭髮零亂，總給我一種遊俠無拘的快感。那快感伴隨著馬路上柏油被太陽晒熱遇雨而冒煙所產生的氣味，以及身體旺盛精力受到潮濕衣服黏貼的觸感，我總是有一股想要脫離自己的莫名衝動。

我有幾個好同學，排球讓我們相識，也緊緊地把我們圈在一起。我們練習怎麼在殺球後卻不得不倒下時，應該讓身體的哪一部位先著地才不至於受傷。我們練習先分別在網子的兩側面對面站著，然後同時同方向跨出兩步、躍起、相互拍掌、大喊並落地。從網子的這一邊到那一頭，往返數次。我們練習如何截球卻又不絆倒隊友，或怎麼躲避才不被絆倒。我們練習怎麼一手把球丟高，另一手把正在下墜的球用力拍過網子。直到大汗涔涔，累得跳不起來，才一起去吃刨冰。並且一邊偷瞄隔壁桌的女孩，一邊誇大手腳地大聲比較誰因著打球而受傷最多、最嚴重。

有一次，到校後才知道要放颱風假。我們四劍客樂得往電影院裡鑽。我們邊走邊鬼扯，頂著風，冒著雨，一路上笑聲、罵聲不斷。老蘇家有錢，他又絕對慷慨，很快把藏在右腳襪子裡的長壽菸和左腳襪子裡的火柴掏出來。菸有了，火有了，儀式卻不能少。我們輪流看了看火柴紙片上的裸女圖，說說現在看到的和記憶中的裸女有什麼不同，並且嘻笑著以食指彼此指責對方的不檢點。如果風雨大了些，我們總會相互幫忙，以手圍著小柴火點菸，並且對每個人的享受無礙全力支持。無礙是因為少了父母，沒有教官，以及對於戒嚴的鄙夷。享受是因為我們自認為與眾不同，甚至誇耀彼此的與眾不同。總之，有什麼比放颱風假時在戲院裡吹冷氣、看電影，說些輕狂冒進的鬼話更快樂的事？輕忽颱風預報，是因為市長似乎和風雨商量好了，只要風不刮下招牌和帆布架子，雨下得不致於淹了斑馬線，我們的城市總是歡迎在氣象圖上白捲捲的蓬鬆大氣旋擦身而過。

那天不同！那天的颶風竟然把暴雨吹得橫躺著狂飛。分明是要往西北飄旋的颱風卻轉個彎，直挺挺地往西南面撲來，不讓人有準備。雖然事出突然，大風雨畢竟不是在幾秒鐘內形成。我不懂，為什麼依第非要在那個下午出門？高速公路旁的休息區，既不是她平時購物的地方，更不會是和女友們聊天的地點。她是個講究的人，不可能選擇在休息區那麼隨意的地方喝咖啡。那麼她是要和人見面？什麼人？為什麼不約在家裡或市區，而必須特地開車上高速公路？她要出城去見什麼人，並且必須臨時停車買什麼東西？我們雖然聚少離多，對我而言，依第的生活相當透明，難道她真有什麼事情瞞著我？當我接到消息，立即搭上最近一班飛機趕回家來。從那時候起直到現在的每一天，這問題便無時無刻不盤踞著我，煩擾著我。依第在颱風天獨自開車到高速公路休息區的事實，讓我向來在工作上暢通無阻的思路狠狠地撞上一道冰冷的黑牆！

事發當天，又急又密的暴雨有如能見度不到五公尺的濃霧，嚴重阻擾視線。所以，即使前後不過幾秒鐘的始末讓閉路拍了下來，最多也只能識別出那是一部銀灰色的車子罷了。我在警局看了一遍又一遍那個熟悉的紅色身影，最後只能黯然地離開。

掀開被子，下了床，我慢步走下鋪著木板的旋轉梯。赤腳踩在通往廚房的地磚上，感到些許涼意。按下咖啡機，磨豆子的聲音令我有點詫異。這機器在廚房裡多少時間了，我第一次注意到手裡的咖啡是怎麼生成的，也才驚覺咖啡機竟然會發出這麼大的聲響。還是這房子太過靜悄了？

一口口啜著濃黑的咖啡，依第的聲音又在耳邊響起。她總笑說我是咖啡痞子，因為我老是以馬克杯盛咖啡。現在我更可以放肆地侵犯她喝咖啡必定要有骨瓷杯裝盛的傳統，卻也只能代替她取笑自己了。

當初蓋建時，依第堅持要廚房隔著樓梯和客廳平行，也同樣可以透過大片玻璃看到海景。依第憎惡年幼時家裡讓蟑螂老鼠找得到通道的小黑廚房。她說，她要自己的廚房能夠抬起頭來，迎向陽光，承接雨潤。現在我獨自在廚房裡，倚著水槽站著，看見玻璃上爬滿了雨滴，遠處朦朧迷茫一片。我淒清地想著，凡事都要美麗先行的依第，最後卻是一點也不美地趴躺在那潮濕冰冷的柏油路上。任憑風雨對她無情地肆虐。

昨晚阿誠堅持要來。他說，我的客廳比任何咖啡廳都還要有情調。不論是角落裡透著黃暈立燈的兩張三角靠椅，或是純皮的潔白沙發組，怎麼坐，怎麼舒服。多年前買地蓋房時，我和依第就已經分工好了。我負責和建築師談，她找自己中意的設計師規劃。房子外牆是玫瑰紅，內牆是象牙白，就連傢俱也必須白成一片。依第強調，底色白了才好放手佈置。簡就是白，白就是簡，也總能以畫作或植物裝飾、陪襯。畫作是她從畫廊收集的，有兩幅還特地從比利時、奧地利運來。然而最令人心驚的是，一進客廳，右手邊那面白牆上的巨大畫作，總是讓第一次看到的人無法不站在它面前停留片刻！那畫，中央斜斜地躺著一頭豹和一個女人。豹的全身漆黑，頭往右下傾斜，後腳藏在身下，前腳彎曲著，隱約可以看到爪子，牠的長尾巴彎到畫的前沿。女人穿著血紅色的連身長衣，無領、長袖。她的兩手橫置在豹的後部，支著頭，整個人左上右下地橫趴在黑豹身上，頭髮由一條有著極淺色圖案的銀白色頭巾包著。她的表情恬靜，似乎正想著什麼。她額頭上垂掛著水滴形的珠寶，透出的微光正好和豹眼的微光一左一右，一上一下地相互輝映。這是依第在愛沙尼亞首都塔林的一個畫廊購得的。畫的寬度佔了白牆的三分之二，至於長度，離天花板及地板大約各是三十公分吧。人人說，我們的客廳足夠寬大，否則光是這畫就會把人逼到牆角了。

植物就更講究了。依第有各樣厚重的室內植物照片解說專書。什麼植物該放屋裡什麼地方，該澆多少水或多久澆一次水，依第再熟悉不過。枝椏怎麼彎、怎麼圈，爬藤該怎麼拉、怎麼釘在牆上或怎麼垂下，垂下多少公分……，這些讓我感到無味的枝節，卻是依第的喜好和本領。當那張動用了六個人才能抬進門來的原木長桌，擺在她認為正確的地方之後，我不得不說了她兩句。她沒答腔。過了幾天，當我推開大門，放下提包，換上拖鞋，走近飯廳時，我雙眼為之一亮！那張十二人座的長桌上鋪著雪白的桌巾，桌子中央是一條寬約十五公分，從這端延伸到那端的水藍色緞面布條，布條兩端大約各距桌沿三十公分。長桌那頭是一大捧嬌黃的盛開水仙，襯著金亮的夕陽，它們站得挺直和我對望，彷彿高高仰著頭說，看啊，你如何經得住我們的美麗與驕傲！剎那間，我才明白依第的用心，她要顛覆平凡，她不甘平庸！

與其說是阿誠來看我，倒不如說是他來陪我。和依第結婚前的那一段，阿誠參與了。噢不，其實是他促成的。有次阿誠健行活動回來，很正經地宣佈他幫我找到女友了。「這女孩太高冷了，還是我的欣亞溫暖，不過她倒是很適合你這個挑剔鬼！」首先是我們男生幾個，她們女生幾個，逐漸地，有一些個不見了，有一些個走到了一起。我和依第從走在一起，直到相互牽手，直到她穿白紗我穿白西裝的合影留念，經過了五年的時間。不料，四分之一個世紀過後，我和依第不再能夠牽手了，當初是介紹人的阿誠自認有義務來陪我。不知道他是真心地永恆良善，還是喜歡我的 Le Petit Cochonnet？他枕在有著熱帶繁花圖樣的大椅墊上，把自己舒適地埋在沙發裡，半閉著眼看望窗外遠處的閃爍漁火。他該說的都說完了，我該聽的也都聽夠了。兩個中年男人有一搭沒一搭地喝悶酒，空氣中飄浮著隱約的酒香。Bang & Olufsen播放機裡的Bob Dylan永不嫌老地轉了又轉，直是轉出了一輪圓圓的明月。

送走阿誠時，圓月仍是出奇地亮在黑空裡，怎麼半夜就下起雨來了。廚房水槽裡的酒杯仍靜靜地躺著，現在又多了我的咖啡馬克杯。有必要急著洗嗎？今天不又是我單獨一人。依第當然不會讓杯子閒在錯誤的地方，她總是把「公共」的事情做完了，才忙自己的。她知道自己接近病態地執著，卻鬆弛不下來。只要想到應該擦玻璃窗的時候到了，她可以在深夜鑽出被子到客廳去完成讓她睡不著的工作。「為什麼不呢？我又不吵人。」她會這麼回應我的不以為然。

雨小了些。從廚房窗子望出去，遠處的海面一張網似地灰撲，隱隱約約兩隻小船在水面上顛簸著。我踱回臥房，正想著到底要穿白色還是赭紅色的休閒褲，卻不知不覺地滑開依第衣櫥的霧面門。櫥裡的小燈忽地亮了起來，光線暈黃，小空間顯得溫暖。上衣、長褲、長裙、外套、圍巾、寬邊帽……一件件分類掛好、摺好、疊好，就連抽屜裡的內衣、內褲也都擺放得井然有序。這是依第對於物品的一貫風格。就是不知道她的內心是否也把事件、把人物如同衣飾一般，分門別類，一一鎖進心中適當的幽微小室裡。

依第向來有自己的穿衣主見，她認為，人必須有能耐把衣服穿出感覺，而不是由衣服決定自己是誰。在依第身上要看出哪些是一般店裡的平價貨，哪些是專賣店裡的特殊設計服裝，並不容易。和我在國內外出席餐會或在家正式宴客時，她會按著節氣、場所從合作數年的禮服公司挑出適當的服飾和配件。她總說，外在的繁瑣應該讓願意服務的人去發揮，不需要把平時不用的衣飾放在家中，因為洗滌、保養、存放都會招來問題。更何況那些發亮甚至發響的小配件還要特地拱在銀行保險箱裡，心就永遠輸給鳥兒，再也飛不起來了。

心裡想著她說話的神態，她的聲音便又亮亮地響起。輕輕拉上依第衣櫥的滑門，我換上象牙白的休閒衣褲，無頭緒地在床沿呆坐。我環視略顯昏暗的臥室，心裡慢慢浮現一個問題：我是否應該開始整理依第的東西了？

當初建房時，依第執意要在頂樓有屬於自己的房間，並且必須是原木加蓋，必須從天花板、四面牆及至地板，全是淺色的原木鋪設。她反覆叮囑，房間一定是斜頂，並且要空出大面積以整片密窗嵌上，因為她要躺著看雨。她要躺著看雨滴從大窗上方滑落時，沿線讓其他無數雨滴加入或分散，直到底端而後消失。那是依第自小就有的夢想，現在就要實現。

依第又特別指定要以像碼頭使用的那種粗繩做樓梯的扶手。她說，粗繩讓她記憶起搭乘帆船橫越大海的清茫與放蕩，而且這一感覺必須謹守記牢，否則她的生活就會有一處令人厭惡的蒼白。手循握著粗繩，我赤腳走上穩實的，不發出任何聲響的木梯。依第自己忙碌，也讓人忙碌；她讓人眼忙，心也忙。依第在挨著階梯的白牆上貼了許多張大卡片，每張卡片上都有一名女子。這些女子的共同特徵就在於身體與四肢的不對稱。不像正常人的女人軀體卻又顯得出奇地美好。其中一張大卡片有著草綠的底色，女人戴著一小頂藍綠色又有細條紋的呢帽。她的黑髮分散在兩耳旁，飛揚出去的兩股髮辮長長地在空中交會，又分開延伸，直到最後相遇。女人穿著無肩無袖的蔚藍連身衣裙。點綴著大朵粉紅花及綠葉的豐滿長裙被風吹起，露出一層深綠、一層淺白的襯裡。她的深紫色七分褲上有著可愛的小白點。女人的黑鞋又尖又長，細線纏繞在她看似就要折斷的小腿上。火柴棒那般的裸露手臂握著一支長長彎彎的嫩草，一端輕輕著地，另一端繫著幾根幾乎看不見的絲線。其中一條線的底端連綴著一塊相當大的銀白色心型扁石，上面有著沙漠玫瑰花型圖案。這個眼看就要被風吹走的女人讓人幾乎看不到她臉上的表情，只有一小段細線點出她的嘴唇，另一小段細線勾出她的眼睛。女人似乎正看著遠處一團和煦的白色光暈。另一張卡片則是以不同深淺的紫色強壓人眼底。不但底色是紫，女人的連身裙也紫得讓人想起紅。她戴著一頂斗笠般的三角寬邊帽，編成辮子的黑髮直溜溜地往後斜方衝去。她手上握著一把紙傘的柄，細得像枝筷子的傘柄撐起將近遮住女人整個背部的大傘。她曲膝輕輕坐在一塊高石上，石旁隨意長出的淩亂草枝在紫水擴散出的波紋裡浮沉。大石邊還有三塊石，卻是一個比一個地縮小。女人藏在有著大紫花連衣裙裡的腿顯得過長，裙擺不小心露出的白襯裡是一朵朵的小波浪。她的兩腳並攏，純白安靜的雙足穿著扁如薄紙的夾腳拖鞋。女人的一線眼似乎看向遠方。她正等待著什麼。順著她視線向上斜望，是幾隻有著透明白翼的蜻蜓，牠們愛在紫色的天空中翩飛。

這些卡片在白牆上恣情鋪陳，它們的強烈豐盈仍然滿足不了依第關於美的宣告。她拿來針線及小碎布為卡片上女人的珍珠項鍊縫上白色小點，為在空氣中飄揚著禮物盒上的蝴蝶結縫上更多小碎花，為飛跨大小石頭橘色女人頭上頂著的一盞小彎燈縫上絲絲的紅光，為正拋著五個圓球女人的彩虹篷裙縫上和原來色彩一樣的鮮豔布條……。經過依第多出一層的縫製，女人們全活了起來，讓人似乎聽到她們的笑聲，也聽到卡片上風吹雨打的聲音，更多的是，色彩們彼此無拘的交談。依第說，女人們是她的仙子，只要是仙子就值得以特殊的方式受寵。這時的依第就不再是我成熟優雅的妻，而是個俏麗十足的小女孩。

依第的私房是開放的，沒有隔間也沒有門。就在還剩三級便走完全梯時，便可看到房間的全貌。和階梯相對的那端是自頂至底的大面積書櫃，櫃子上滿是橫躺或直立，有著不同色彩的書籍。最上兩排是依第的書。同一書名她向出版社多買幾本，可以當成小禮物送出去。至於是否有人讀，也就不用問了。她說，有興趣的，會主動約談；沒興趣的，一多問了，反而彼此尷尬。有時候她會嘆氣著說，寫書的人似乎比看書的人多，這社會明顯變殘了。依第的文字世界是我無法涉足的，正如對我擔任跨國銀行亞洲地區執行長的工作內容那般，她始終不明白，有什麼事情必須讓我時常飛到不同的國家去處理。

我走上依第的私人天地。大空間的中央是一塊不能再更簡單的床墊，上面只有一塊抱枕、一條小被。這是依第聽雨看雨的聖地。床墊右側的那道牆就很講究了。五道木製的長長軌道從牆面延伸出來，軌道上是自上至下，幾乎遮蔽整個牆面的大片帆布，必要時，帆布可以方便地電動捲起。這裝置是依第和設計師溝通很久才定案的。五道帆布其實是五面白牆，也就是依第私人畫廊的濃縮。她可以按著心情或喜好，隨時捲上或捲下在帆布上放大了的照片或畫作，也可以隨時汰舊換新地變更照片或畫作。忘了多久前我偶然上樓來，依第畫廊正展出的是克林姆哭泣女人的金黃淚大畫。畫廊女主人特別以深黑作為底色，凸顯畫作上女人左側遮蔽半臉的金髮、閉著的右眼所流下的黃金淚水，以及右側黃紅色澤的翹起鬈髮。女人為什麼落淚？依第說，可以是因著喜悅，也可以是哀愁，全由看畫的人決定。另一次我看到的是依第自己在熱帶雨林拍攝、放大後，飽和色彩足以將人一口吞噬的巨型繁花。花朵的色澤幾乎是依第跟人吵鬧而來的，她堅持印刷後的色度必須和她原來的照片一點不差。究竟她跑了幾家店才得到理想的原色，我也沒問起。

現在我看到的卻是和以往完全不同情狀的告白。那是她在安曼城一家小餐館牆上偶然瞥見的一張舊照片。相片已有年歲，相框也斑駁得厲害。她定睛看了，實在太過喜愛，便當場翻拍了。回家後請人花了幾個月的時間以手作地毯的方式完成一幅巨大貝督因男人的頭像。黑布纏繞男人的頭和大半部的臉，他的眼神有些憤怒，有些堅韌，有些不屈。深印在額頭上、臉頰上的皺紋全是沙漠生活的艱辛，褪了色也看得出多處勾損的黑布訴說著一輩子的風霜。除了眼睛裡的星點微光，以及雖然讓布包裹著卻看得出堅挺鼻梁上反映的模糊光線之外，整幅毛絨織作以黑為本色，其中又有或深或淺的灰、褐以及微白色的細緻參與。站在這男人頭像的正前方，似乎聽到他在質問：你是誰？你做了什麼？

我注意到書櫃右側地板上捲成圓筒狀的瑜伽墊似乎是換了顏色，以前是藍，現在是綠。我隨意躺在直接貼在地板的床墊上。突然發覺，這床和放在頭下的抱枕相當神奇，竟然可以讓人微微聽到外面的雨聲！更好說，這是依第的刻意安排。木屋當然比水泥屋更加親近大自然。看著雨的墜落，當然也必須聽到雨的喟嘆。我張眼上望斜斜的大窗，什麼時候雨又下大了？

我起身走到書櫃，較下層左側是西洋樂器獨奏以及一系列的大提琴曲光碟，接著是單一的洞簫音樂，不過五片。依第喜愛大提琴，特別是無伴奏曲目。她總說，大提琴音樂必須專注聆聽。要是誰把大提琴音樂當成了背景陪襯，那人恐怕不會是依第所喜愛的。而洞簫？依第聽洞簫？我怎麼從來不知道！依第個人的Bang & Olufsen就在書櫃左邊的一個黑色小平台上。我抽出一片洞簫光碟，把手在播放機前上下揮動，兩片小小門向左向右打開。放上光碟後，一陣自弱至強高昂而淒清的單一簫聲，如同在寬闊的山谷中迷漫開來的薄霧，其中所透露的孤寂讓人感受到陣陣寒意。接下來的旋律再也沒進入耳中，我問自己，依第什麼時候開始聽這種曲調？她為什麼聽？依第優雅，也絕對和哀怨沾不上邊。難道她有我不知道的另一面？依第的許多旅行我無法同行，但只要我在家，她必定不出門。她發表的文字，有些我知道，卻是興趣不大。我們思考的軌跡和脈絡不全都相同。她喜歡我的縝密，我喜歡她的跳躍。然而，這樣的簫聲，如此的心境，我全然陌生。剎時我感到隱隱的不安，甚至有些害怕。

上兩輩人的音樂、隱約的雨聲、阿拉伯男子直視人靈魂的雙眼，這一神祕的情境，也是依第曾經有過的心緒？我突然發覺，自己竟然不認識已經一起生活四分之一個世紀的妻子！這是怎麼回事？

我關掉播放器，視線慢慢移到房間另一端的大窗。窗子面海，依第訂做的長桌幾乎就倚著窗。桌上的筆電關著，列印機上有幾張白紙。一具電話就在較遠處的桌角。幾支筆插在筆筒裡。筆筒外圍有著淺綠底色及潔白小花朵的圖案點綴，花枝旁的女人娉婷，側著臉，看不到表情。她身著鮮紅開高衩的長袖窄長衣和白長褲，頭髮烏黑，頭上是一頂淺粉綠的斗笠。這是依第從越南帶回來的，她很喜歡。我仍然記得她拿這筆筒給我看時的樣子，就像是小女孩第一次得到心愛的娃娃那般。桌上有些凌亂，她似乎來不及收拾就出去了。除了剪刀、膠帶，還有一本相當大的，有些老舊的剪貼簿。她多年來剪貼好文章的習慣一直沒變。剪刀旁是本文學雜誌，裡面夾著一張書籤。順著書籤標示，我打開書頁。〈魔鬼對我做了什麼！〉是一篇文章的題目。依第打算剪下這篇文章嗎？

長桌只有檯面及四支腳，沒有其他。對於依第，抽屜又是另一回事了。桌子右側是個約一百五十公分高的櫃子，寬而深。櫃子分兩列，從上到下每列有六個抽屜，共有十二個。我好奇地一一打開。有的放文具，有的放相簿或尚未整理的照片，有的放檔案，檔案又以國家和事件區分。這些資料，有些是電腦列印，有些是徒手抄寫。其中一個抽屜裡橫躺著長短不一的七個萬花筒。令人憶兒時的萬花筒應該是依第很費勁地從市集或夜市裡收集而來。記得她曾抱怨地說，萬花筒不再受重視了，即使找得到，現在的也根本比不上小時候的萬花筒精彩。她天真地問，現在的孩子不看萬花筒，他們看什麼呢？

依第只允許她的萬花筒在有著烈陽的日子裡轉動。有時她盤腿坐在客廳的白沙發上，筒子對著大窗外的豔陽，盡情地讓紛繁多彩的小世界在她眼前翻騰。左眼看累了換右眼，右眼看累了換左眼，這般輪替不已。有時她停下來對著我問，為什麼這些小碎片能夠永遠不重覆在筒子裡的位置呢？

存放物品的其中一個抽屜裡只有一本黑皮的電話簿，顯得孤單。不知道為什麼，我頓時感到些微的悲傷。如果這抽屜代表著人世間，那麼依第認識的人就應該全都鎖定在這裡面了。看著電話簿，突然一個念頭閃過，依第認識的人我是否都知道？我認識的人，依第知道的太少，因為不需要。那麼，她認識的人呢？就只是幾個親友嗎？我急切地想知道更多依第的生活，正如當年我們剛認識時，我希望多了解她一樣。我拿出黑皮小本子，坐在長桌旁，一頁一頁地翻看生疏或熟悉的名字。有些是多年沒見過的親戚，有些是依第的女友，幾個旅行社，有些是只在某個片段時間在生活長河中漂流過的人們，早已不往來；再有些是修繕房子需要的公司或個人，以及出版社和媒體的聯絡辦法。我慢慢地翻，慢慢地看。想像著依第以什麼聲調、什麼語氣、什麼表情對什麼人說了什麼話。我沉浸在回憶裡，她整個人似乎又倚坐在身旁和我隨意地聊著。啊，我是那麼熱切地想念她，想念著我的妻子依第。

翻過電話簿兩、三張的空白，最底頁上只有「那人」兩個字，和一個手機號碼。一個人佔了一整頁。為什麼那麼特別？我看著「那人」，腦子一片混亂。「那人」究竟是誰？是男？是女？依第清楚知道我極少上她的房間來，也不可能翻動她的物品，家中只有我們兩人，阿珍也只是每兩週來打掃一次，為什麼依第仍然必須這麼謹慎而隱密地標示？難道連她自己也不能面對「那人」？我猶豫了許久，最後決定一探究竟。

號碼撥通。響了一陣子卻沒有反應，我放下聽筒。依第小本子中的那人為什麼不接電話？他不在？我心想。或者，這是個無效的號碼？我起身踱到窗邊，站了一會兒，又滿心疑慮地坐回桌旁。電話再次撥通，又是響了好一陣子，我有些不耐，正當要掛斷時，有人接了電話。是個男人的聲音。這人就是「那人」嗎？我直覺地自問。我遲鈍了一下，不知道該說什麼，對方也不作聲。僵持了幾秒鐘，終於聽到電話那一頭說「我是連昊天」。連昊天？我似乎知道這個名字，但是……，我快速想了想，啊，不就是我不久前快速一瞥，依第打算剪貼〈魔鬼對我做了什麼！〉的作者？我定了定神，發覺這人的聲音沉穩，說話不急不徐，只是有些遲疑，有點猶豫。

我一下子不知道怎麼接腔，只聽到自己說：「我是依第的……」，我立刻刹住下面的幾個字。直覺告訴我，對一個陌生人暴露自己的身份並不聰明。對方不說話，我只聽到突然急促起來的呼吸聲。「啊，你是蔣思諾，依第的弟弟，對吧。」我很驚訝！這人既然知道思諾，他就和依第並不陌生，甚至相當接近。這是我的第一個推斷。然後，我慢慢地吐出幾個字：「依第她……」「我知道，我看到報導了。」對方很快回答，又立刻停下。他停頓了一會兒，也許正思考怎麼繼續，卻似乎沒有要結束談話的意願。他嘆了口氣，說：「雖然我們沒見過面，但是依第把我和她的事情都告訴你了，所以你我對彼此並不陌生。」

千萬個狐疑從我心底竄起。思諾對我隱瞞了什麼？依第又對我隱瞞了什麼？

「事出突然，沒人有心理準備。都快三個月了，現在你打電話來，就讓我們談談吧。」不知道這個連昊天自認為和思諾熟識，或者他天生友善、健談，我聽見他拿打火機點菸後深吸一口的聲音。也許他撿了個舒服的位置坐下，便開始了令我震驚無比的敘述：

都是六年前的事了，我只要一閉上眼，所有的細節就如同發生在昨天，甚至可以感覺到那遠方煦陽的照拂以及和風的舞動。我按計畫在歐洲S國下機後，轉乘火車到西南部的一個小鎮。拉著行李，出了車站，是蘇菲先看到了我。在一群熙攘的洋人中，我的亞洲面孔當然容易辨認出來。蘇菲是考夫曼文藝基金會的事務經理，早在一個月前就約好了，由她開車來接我。她的車就在站前的停車格上，不需走遠。蘇菲幫忙把行李箱搬上車後，我們就在平整的公路上飛馳起來。

蘇菲是個高瘦的女人，熱情健談。她邊開車邊告訴我駐地寫作的日常安排、其他幾位作家從哪些國家來、小鎮周遭的情況，以及駐地寫作莊園的由來。這時我才知道，那已經是十九世紀末的事情了。出版家考夫曼曾為英美作家出版他們的作品。出版者和作者之間不僅是利益上的文化商業關係，更因著討論稿件主題、內容以及寫作形式，而彼此多年交心，也就成了不同於一般的好友。在一次機緣中，考夫曼先生在靜謐的小村裡買下一塊地，並且按照自己的規劃，蓋建了村子中唯一的一幢華美莊園，也盛情招待作家友人短暫小住。盛夏時，他們坐在園子的玫瑰花圃旁閒談歡笑；凜冬日短，爐火旁的暖心交劈正是文學人所喜愛也是擅長的。考夫曼過世之後，基金會依照他的遺囑成立，每年接受推薦申請，符合資格的寫作者就可在莊園裡完全不受干擾地專心工作。

你知道嗎？思諾，大約二十年前我也曾去到其他國家駐地寫作。那是位於南半球一個土地廣袤無比的國度。那次的旅行複雜太多，我轉了三班機才到達。之後又至少是兩個小時的國內航線。下機後找計程車一點也不難，只是從機場到火車站那一段，車在公路上拋錨了。司機一邊緊張地向我賠不是，一邊拿出工具換輪胎。到達火車站，好不容易買到票，也上了正確的列車。長長的五個半小時我是半睡半醒度過的。在朦朧中我似乎看到自己把笨重行李毫不留戀地丟了。還好夢與事實相違。也許是因為跋涉勞煩而感到行囊惱人吧。當時並不知道我將會去到多麼偏遠的地方，更不知道生命中的難以想像正以什麼姿態等著我的到來。

第莫西是個嚴肅、沉默又非常有禮的中年男子。他來火車站接我時，開的是一部墨綠色，有著堅實帆布頂篷卻沒有邊窗的大型遊獵車。這車有著像階梯一般的三層座位。第莫西輕鬆地把我的行囊提起並放在座位中層，我們並排坐在最低的第一層。第莫西緊閉著他薄薄的雙唇，臉龐讓太陽晒得黝黑，高聳的鼻梁上架著一付墨鏡。透過鏡面看不到他的雙眼，只反映出我疲憊的神情。第莫西嫻熟地駕著遊獵車。除非我發問，他不主動說話。也許他對我不好奇？也許他只對大型動物有興趣？

我們在小鎮裡左右穿梭，很快便駛上了一條筆直的公路。路的兩旁除了偶爾幾棵如同點綴著天生荒蕪的大樹之外，就是望也望不到盡頭的黃褐色大草原。也許是單一的景致讓人不再專心於外界，我開始覺得熱。一旦冷熱觸動了覺知就必定有加乘的效果。熱把我的疲倦蒸發掉了，我開始不安定。第莫西察覺我的躁動，他以手肘碰了碰我，指著他自己的棒球帽和眼鏡，我向他搖搖頭。「最後面座位的袋子裡有帽子和眼鏡，你去拿，否則你就要燒掉了！」不論第莫西是建議或者是指定，我應該沒有選擇。我等著車一停，就去拿。第莫西見我沒動靜，他又以左手肘碰我，大拇指往後一比，示意我要立即進行。瞬間我明白過來。第莫西要我直接鑽出車頂和車門之間的中空處，跨過中間座位，踏上車的最高處！不知何故，第莫西這麼相信我的身手，對我這麼有信心。我就在疾馳中的遊獵車上站了起來，小心翼翼地沿著車邊鑽爬，經過了中間座位，我竟然很快就到達了頂層。座位上空無一物，仔細看了，原來一個長形的袋子就躺在腳踏板處。啊，那真是個經歷風霜的袋子，粗獷而又體無完膚。我拉開拉鍊，裡面是些不知道做什麼用的鉗子、榔頭、鋸子、粗繩、鐵鏟、砍刀……，以及大大小小的鐵盒子、木盒子。帽子和太陽鏡塞在一旁，要挖挖找找才看得見。就在這時，我還看到……，我還看到躺在袋子底部的一把長槍！我戴上帽子、眼鏡，拉上袋子的拉鍊，回到前排座位，不發一語。第莫西當然知道我看到了那把長槍。彷彿我理所當然地明白長槍的來處與作用那般，他只平淡地說：「帽子和太陽鏡是在這個地方生活的基本配備。」

莫約一個鐘頭過後，我們駛進了一條較小的柏油路，景觀也跟著有了明顯的變化。樹多了，草高了，深深淺淺的綠替換了讓人頹喪的棕土黃。路，越來越窄，大車在小斜坡上減速行駛。不久後一座大鐵門把我們擋了下來。鐵門邊石柱的大板子上寫著：私人土地，非請勿入。第莫西向守衛點了點頭，鐵門向兩邊滑開，車子開了進去。我也如釋重負地解開安全帶。第莫西卻要我仍然繫上。我心想，不就到了嗎？這麼熱的天，鬆綁一下自己，天經地義。但我還是照做了。當地人的忠告，外來者沒有理由輕忽。果不其然，原以為立刻就要到達目的地，遊獵車卻不斷地一路蜿蜒、攀爬。寬敞柏油路的兩邊不時出現幾個園丁，有的理草，有的整花。但是，思諾，這裡的園子並不是一般人印象中英國、法國花園的繽紛錦簇。由於氣候、植被不同，園丁們的工作就只是讓環境看起來不太過於狂野罷了。

一刻鐘過去了，遊獵車仍然不停地向前滾動。我感覺自己坐在一個奇異的空間裡，周遭的一切完全超越我對駐地寫作的所有想像。我似乎身在非洲大陸的什麼地方，正等著一連串的不可知、不確定對我撲面而來。回想剛剛發生的種種，我的思緒騰飛。突然，腦子裡閃過一個念頭：難道這整座山只屬於一個人？「是的，這山屬於馮德林登家族。」是第莫西對我提問的答覆。你相信嗎？思諾。

終於我們的車在一幢巨大的白屋前面停了下來。我整個人讓眼前高聳的建築驚呆了！那是有著高低不同層次，如同方塊積木不規則堆疊的建築體，或許藏有幾個房間的每一個方塊，都由長短不一的白石梯串聯。白屋右側是鋪滿石頭的造景小丘，丘上豎立著無數高高低低的戶外玻璃燈，可以想見，晚間燈火點亮時會是多麼光豔。屋的左邊隔著一片沙洲是翻滾著白浪的汪汪大洋。天，藍得刺眼。刺眼不是因為藍，而是因為人間可以如此奢華。這景象讓我看得痴了過去。是第莫西的提醒，我才解開安全帶下了車來。正當我忙著行李時，不知從哪裡走出一位女士。她介紹自己是亞米達，並說，原則上她可以答覆我在白屋裡生活的所有問題；又說，現在只有我和來自奧克蘭的多瑪斯在這裡。說著，便指向凸出於建築左側斜上方的一個平台。一位有著滿頭白髮的男士正微笑著向我招手。接著亞米達領我到專屬的房間。啊，這房大得令人不知道怎麼擺放手腳。桌、櫃、床及衛浴，樣樣不缺。更讓我驚喜的是，透過面向陽台的一整面玻璃牆可看到遠處的大海，以及和海水只有一小樹丘相隔的河流。這河，曲曲扭扭繞過沙洲樹丘向左流淌於視線之外。

亞米達不留時間讓我和新房稍稍獨處，立即帶我看那寬闊的，只有黑白兩色的現代化廚房。大片玻璃牆讓人有著廚房和陽台直接相連的錯覺。兩個大冰箱並排佔據一角。櫃子裡的各式碗盤，抽屜裡的刀叉湯匙，以及烤箱、磁爐……，全在應該有的適當位子上。流理台邊的咖啡機甚至是Jura牌子！亞米達說，第莫西每週一次帶作家們去山腳下的小鎮購物，原則上三餐自己料理。每週二、四會有人送來甜點，而週日理所當然是必要的甜點日。她指指走下兩層長階梯的大餐室說：「在這裡或在外面用餐都可以，端看個人喜好和天氣變化。」亞米達又囑咐了幾個小細節之後，便返回她的祕書室去了。

我的視線從餐室的原木長桌移轉到室外陽台。鋪著深棕色長木板的陽台對我發出無聲的邀請，我信步走了出去。啊，稱陽台其實是把它說小了。那是個呈L型的，縱深、寬度至少可停駐三部大遊覽車的觀景台。放目極望是渺無邊際的印度洋。藍天映著藍水，連一隻鳥兒也沒有。觀景台上有兩個沙發區。我揀了其中一個坐了下來。隨手從褲袋裡掏出菸來慢慢地抽著。我把頭仰靠在沙發邊沿，雙腳擱放在矮桌上。我覺得自己累極了，卻又了無睡意。逐漸，日頭變軟了，再過些時候就應該可以和太陽對著看了。神奇的是，在這麼遙遠的地方，在時空背景和我平時生活完全相異，甚至相反的情境裡，一個小小的我，身處在一個小小的點，思緒竟然可以沒有來頭地跳躍到自己居住城市裡，一個活動畫展中所看到的一幕。那是只有黑與白的冬景，曠野裡只有寥寥幾棵互不相干的樹木，以及飄落紛紛的雪花。整個景致在畫框中不斷左移，除了重複，沒有其他。逐漸，樹多了，草長了，顏色變得多彩，色澤濃烈。整個景致在畫框中不斷左移，除了重複，沒有其他。又逐漸，樹變綠了，草也變綠了，繁花點綴其間，看畫的人似乎感到一股清新的空氣正吹向自己。整個景致在畫框中不斷左移，除了重複，沒有其他。再逐漸，畫作右方的天際線上出現一個人騎著一匹馬向左邊奔去。雖然人和馬都只是小小黑影般的點綴，整幅畫卻突然靈動起來。看畫的人也受到感染，覺得自己活潑了、歡欣了。畫的本身仍然自右向左移動，馬的奔速比畫作的移動還快，如此循環不已。光有風景，世界是死寂的、靜默的，直到有了人和動物的參與。這讓我想到聖經創世紀，天主要人們管理大地的美意。可惜的是，透過生衍繁殖，一旦美意轉為複雜，許多事情就失控了，邪惡也就上了樹梢嗥叫。

正當我想得出神，感覺到有人輕拍我的左肩。原來是我剛到達時，在觀景台上和我打招呼的多瑪斯。我們彼此握過手後，便無拘束地聊了起來。多瑪斯已駐地兩週，他專寫舞台劇。他說，這裡的作家來去不定。前天走了兩位，今天就我一個人入住。目前除了我和他，另外有分別來自印度和肯亞的作家，他們兩人散步去了。多瑪斯又說，這幢白屋共有六間房提供給國際作家，其他的就是辦公室和準備間。「等一下第莫西會帶我們去看日落。你也來嗎？」多瑪斯實在友善，說話不疾不徐，他在家鄉必定有許多朋友。

第莫西在傍晚時分又駕著遊獵車來了。這次他囑咐的是要備妥外套，因為太陽下山後，山上的氣溫會驟降。山上？難道白屋所在處只是小丘嗎？經驗告訴我，聽第莫西的話錯不了。只是，第莫西對於距離的感覺是我必須自行調整後重新適應的。遊獵車飛馳。約一個半小時的越野，記得大概只有四次和來車交會。這般地步的地廣人稀，說是到了世界盡頭也不為過。

遊獵車旋上了山谷的某個地段，第莫西停車在柏油山路凹進草叢的一處平地，我們下車徒步。野草中的小路是精心修築過的，全鋪上了大片石板，走起來順暢。第莫西的腳程快速，我和多瑪斯緊緊跟隨，石板路不只一條，走岔了路，也許就要惹出不必要的麻煩。終於我們上到了一處石砌的半圓形大平台。除了石柱、矮牆，平台沒有遮攔。站在平台上四望，才知道自己正被紅棕色的巨大擎天岩石斷崖團團圍繞。岩崖如同堅固不已的宏壯石柱集合體，它們在幽渺的過去一起從空中筆直墜落，深深插入地底，在此生養千萬年。

正當我和多瑪斯為這從未見過的奇景驚嘆時，第莫西指給我們正右側三點鐘方向的天空。日落！不，那是在空中流動著的炙熱岩漿！它的中心是紅血的奔騰，它的四周全是奪目的閃耀金光。雲朵讓火紅的太陽貼染，完全失去原本的色彩，轉化成滾燙的火漿河，緩緩流過天際。不多久，主角便上場。它從遠處的岩山後面露出一角，逐漸增加，成了半圓，最後便毫不吝惜地伸展它的壯麗，以贏得人們虔誠的讚美。那是一顆極為金亮的球體，它的純淨任誰也摻不進一點雜質。它的光芒輝煌延伸到每一個可能的角落，卻一點也不刺眼。落日驕傲地允許我們朝拜它、瞻仰它、喟嘆它！我深深地相信，自己看到了自蠻荒至現今宇宙間最美的夕陽。

片刻之後，那日神便隱身了去。借著些微的餘暉，我們驅車下山。正如第莫西的警告，變天了！少了太陽的大地倏忽冷了起來，風也颳得強勁。我們拉緊外套，雙手抱胸，耳邊的風聲聒噪。車上的三人沉默，眼睛盯著車燈照出的段落，一路直衝下山，彷彿正在逃避身後追趕著的幽靈。

回到了白屋。第莫西只拋下明天購物幾個字，我們互祝晚安後，他轉身跨進遊獵車，發動引擎，很快便隱沒在黑暗裡。白屋廚房裡的暈黃燈光正愉快而溫柔地迎接我們。原來印度來的伊絮卡和肯亞的歐宏正一起準備晚餐。歐宏和我年齡相仿，頂著個大光頭，笑起來一口白牙特別晶亮。伊絮卡是我們之中唯一的女性，有些佝僂，卻是神采奕奕。我和他們雖初次見面，卻一點也不感到陌生。多瑪斯從冰箱拿出他自己的存糧，大家商量著應該怎麼搭配才恰當。最後的決定是，開瓶紅酒歡迎我的來到。

對不起，思諾。本來是要談莊園的，不料又轉了話題。我知道，這是我向來就有的毛病，大概也改不了了。

我比預定日期提早一天到達莊園，為的就是要在全心投入工作之前，能夠有時間多了解將要生活一個月的環境。來接我的蘇菲很有興致地駕著車。寬闊的道路兩邊等距地站著長排的白楊，高聳入天，多麼氣派。路旁的大草原上有著低頭吃草的牛群，牠們甩著尾巴趕走蒼蠅。涼風從半開著的車窗吹進來，一點也不潮濕、不躁熱。我的心情就像高空中成群飛過的鳥兒，自在而沒有牽掛。

約二十分鐘後，蘇菲從公路上轉進安靜的小路，整個村子似乎正在午休，只看到一、兩個行人，以及在腳踏車上把自己騎得滿臉通紅的少年。蘇菲在一座兩層樓房前減速，經過兩扇開著的鏤花大鐵門，我們就在鋪滿了小石子的前院停了下來。我下車，看了看四周，左右兩側各有一條石板路，轉了個彎就不見了，應該是通往後院的小徑。樓房本身古樸、沉穩，外牆還給爬藤遮了些。蘇菲和我合力把行李箱搬上幾層階梯，開了厚重的木門，一道相當刺眼的陽光穿過走廊向我襲來。長長的廊道鋪著黑白相間的方形地磚，廊的盡頭是一扇大格子窗。窗外陽光順著乾淨得發亮的地板直直照射到再也透不過光線的大門。只要門一開，任何人都會有一陣快樂的陽光驚喜。

蘇菲說，我的房間在二樓。古老的建築沒有電梯，我們又一起搬行李上樓。我的行囊特別重，是因為帶了自己的中文書給基金會收藏，譯成不同文字的，打算送給其他駐地作家。登上二樓，走過一段小廊道，左側是一個房間。蘇菲打開房門，啊，多麼寬廣的圖書室！左右兩邊是整牆的書籍，房間中央有一張厚實的深棕色大桌，桌後的黑皮椅有著可讓人斜仰的椅背。門的對面牆是幾扇透亮的白格窗，窗的兩側又是書牆。蘇菲說，雖然整個圖書室屬於我，但任何人都可以進來看書或把書拿回自己的房間閱讀。正當我納悶著，總不能讓我在桌下的圓形地毯過夜時，蘇菲領我到左書牆底端，原來那裡還有個舒適的小房間，只有一張床、一高一低的兩個櫃子以及衣櫥。蘇菲交給我大門鑰匙之後便離開。我稍做整理，雖然因為長途旅行有些疲累，仍是輕快地下樓。蘇菲早已不見蹤影。我單獨帶上又貪心又頑皮的好奇和躁動的雙腳，刻意悠閒而緩慢地打算探索這散發著古典優雅氣息的西歐大莊園。

下樓後的廊道左手邊有著一扇門，應該是給作家的另一間房。移動兩、三步後是一扇窄門。窄門後是窄房？銜接著只有一般門三分之二寬度的窄門，會是什麼樣的房間？試了試把手，我好奇地輕輕打開，看到一具掛式電話機、一張凳子和一個也許用來稍做記錄的小平台。整個空間大小像極了天主教教堂內的告解亭。我猜想，和許多人一樣，思諾，你一定沒見過，甚至也沒聽說過這種在私人家中的特殊裝置吧。沿著廊道往前走，靠近大門玄關處的左邊是個偌大的廚房，無數的大小杯盤填滿白櫃。不論櫥或櫃、設備與裝置，和大戶人家相稱的品質一眼就能看得出來。電磁爐和洗碗機當然是二十世紀末才換上的。玄關右側，也是隔著走道和廚房相望的長形房間，正是舊時的餐廳。只是長桌上的不再是富貴人家的佳餚，而是成疊的基金會簡介、幾本駐地作家們的留言簿、從村子到城裡的公車和火車時刻表、村子裡各種節目的預告等等，應該是給作家們提供寫作以外的活動訊息吧。牆上掛著些舊照片，沒有一絲灰塵，保存得很好。照片拍攝年代的男人們應該流行蓄留鬍子，各個樣子不一，看起來有趣。角落裡有座長形玻璃櫃，內部隔板也由玻璃製成，共分三層，存放著考夫曼和作家們的書信往來，信封也一併展出。我試著閱讀，卻是難以分辨的字跡。泛黃的紙張再也留不住早已隨著時間消逝的情誼。舊餐廳的隔壁間就是目前使用著的餐室了。那是加建的透明屋，屋外則是園子座位區和大片綠地。細心修剪過的草坪使得靠花園的兩面玻璃牆底如同貼上了濃密柔軟的綠茵。屋裡是一張鋪著淺色亞麻布的長桌，以及數把有著高靠背的椅子。屋外，就是一夏的精彩了。綠得油亮的大草坪，怕不綿延百來公尺。螞蟻成群在草底下嬉戲，只是牠們的吵鬧聲從來不擾人。地底下忙著穿梭的蚯蚓們欣喜地擁抱全然黑暗的生活；一旦下了雨，鑽出地表打滾時，卻不一定躲得過遭到踩踏而斷身的苦楚。再遠些，高樹一棵接著一棵地壯大，竟然把私家莊園站成了一座小森林。老樹下，梳著高髻女人的半身雕像，長了些歲月青苔。凸出地面的粗魯樹幹阻慢了任何人企圖要快快親近葡萄園的腳步。莊園座落在緩坡的小丘上，總不能跳下高牆向著無際的葡萄園直奔而去。

穿過園子，繞過小徑，走出鏤空雕花的大鐵門，順著右側石牆邊的小路走下緩坡，才能來到成排成列的大片葡萄園。釘著、綁著的葡萄枝藤向著太陽，正為將來就要發酵成為人類美酒而努力伸展，不像遠處湖上小船那般閒適。波光灩閃，提醒我不該忘了戴上從行李箱裔遷到小房間櫃子抽屜裡的太陽眼鏡。

那晚我一夜無夢，也許因為疲累與時差，真是睡得太好了，直到聽見屋外的鳥叫聲。我躺著、想著，讓鳥兒叫醒的村裡人會是多麼快意地度過每一天。清醒的賴床讓人歡喜，因為我有著向宇宙偷得時間的妙計。樓下隱約傳來女人的笑聲。那天是其他幾位寫作者陸續到達的日子。我先到圖書室隔壁那間太過寬廣又太過現代化的清朗浴室梳洗一番，才慢慢下樓來。我從容地走在長廊上，然後……，然後……，然後我看到了依第！

那是太陽與繁花一齊昂首的日子。我在樓上偶爾聽到的歡笑聲，應該是蘇菲領著依第在走看莊園四周時所發出來的。依第正要進門時，我特別看見她高高梳起的馬尾髮。馬尾並不緊緊貼著頭頸，這髮型不多見，大概是不容易梳理吧。也許那是以一個有厚度的髮圈圍住髮根，並在圈下以髮插頂住，才讓馬尾顯得立體而不下墜？我只在電影中看到過這種髮型，總是覺得這樣的型樣高貴無比。現在這高貴就在我眼前展開，為什麼我卻突然感到心驚？為什麼我無來由地覺得依第進門的一幕就是讓我再也無法走回頭路的誘惑？依第轉頭時，馬尾一左一右地甩動竟然悄悄在我胸口上刻畫下一條條的笞痕。正當我疑惑於這些痕跡可能有的意義時，她拉著行李進門來。見到我，她燦爛地微微一笑。就在這時，我看到了她頭上的兩根白髮，以及眼角的細紋。

依第分配到樓下唯一的房間，就在小電話室旁邊。我禮貌地幫她把行李箱拉進房時，才發覺這房間很不尋常。一開門是個較暗的小空間，牆上有幾處凹陷的方形洞，右手邊另有一扇門，打開了，才是真正的房間。這房相當雅致，木衣櫥的兩扇門扉有著褪了色的彩繪花朵。床是高的，被子蓬鬆得誘惑人想要擁它入眠，讓我想起《傲慢與偏見》電影中Jane和Lizzy兩姊妹窩在高腳床上少女懷春的談話情景。過了高床，左側是潔白寬亮的浴室，右側房裡有一桌一椅，書櫥就鑲嵌在牆中。這時，我突然意識到，剛剛進第一道門時的小空間裡以及書房牆上都有凹陷的方形洞，所以這地方很可能是舊時的儲物室。我的這一個推測，應該是可靠的。現在當然早已改建成一間可親可愛的單人房了。幫完依第後，我退了出來，上樓，回到圖書室。從此，我不再安寧。

下午陸續有人到達。二樓的廊道是木製地板，雖是鋪上了地毯，人走過而導致木板發出吱喀的聲音仍然是避免不了，更何況這座樓已有一百多年的歷史。說話的聲音、拉行李的聲音、人走過的聲音，我在圖書室裡全都聽得清楚。這些真實的人間聲音應該吵不了我，但是那個下午我特別不安、特別焦慮，直讓不真實的莫名情緒打擾著。我沒出房門和他們打招呼，只坐在我的大老闆桌子前發呆；或更好說，我試著尋找不安與焦慮的來處。灑遍室內的陽光和煦，我把座椅轉向面窗。看看天空，瞅瞅草坪。這園子安靜得連一絲風也沒有。我沉沉睡去。

晚上七點我準時下樓，穿過偌大的客廳，來到戶外座椅區。終於見到了將要在這莊園一起生活四個星期的幾位作家。我們彼此歡顏問候，雖是陌生，卻一點也不拘泥。我們圍坐一起，介紹自己，也聆聽對方。蘇菲和一位女士帶來小餅乾、果汁和白酒。我給你一些餅乾，你為我倒杯飲料，飯前小酌時，話題也就徐徐開啟。由於是高緯度國家，天色仍然亮如白晝。樹上的松鼠在枝幹間穿梭跳躍，那樣的愉悅、輕盈竟然是我當時的心情。那麼幾個小時前的我，又是怎麼了?你可以想見嗎?思諾。

花園大鐵桌的桌面由無數根細鐵條以斜對角網織的方式構成，所以在桌面上形成許多個稜形的空洞，而讓堅固的鐵桌不顯得笨重。依笫就坐在我的斜對面，她的左右邊各是來自法國的茱莉和莊園經理蘇菲。正當若敖熱情地向我述說他在巴西的工作時，我透過桌面上的空洞瞥見依笫穿著深藍色涼鞋的腳。啊，多麼白皙!她雙腿優雅交錯地坐著，一高一低的兩隻腳，指甲修剪得整齊。兩道深藍色涼鞋寬帶襯托她白淨的皮膚，讓人有著想要觸摸美麗的衝動!

晚餐訂於七點半，基金會特別請人料理每天的晚餐，更有紅酒相伴，熱情氣氛在人人到齊之前便已燃起。我們五個人當中只有茱莉從事翻譯。聽蘇菲說，原先基金會只邀請寫作的人，幾前年才加入翻譯一項。翻譯太過重要，沒有翻譯，就不可能有各國之間文學的廣泛交流。茱莉專門把英文譯成法文。她抱怨永遠有做不完的工作，也特別交代出版社，千萬不要再把她介紹給其他圈內人。翻譯不是生產線上的工作，必須一字一字地完成，是種像德語所說的「骨頭工」。你應該也同意吧，思諾?

茱莉的頭上圍了一圈寬邊髮帶，完全是上世紀中葉法國女人穿扮的風情。除了茱莉，巧合的是其他四人都寫小說，而且短篇、中篇、長篇全都包括了。形式、主題、內容、文字自然成了我們談話的焦點。若敖身穿襯衫、牛仔褲，滿臉的鬍子，說話聲音不大，全身上下和氣一團。他以葡萄牙文書寫，得過巴西幾個重要的文學獎。若敖認為，每個句子本身有不同的寫法，必須要想出最好的文字組合，才能下手。加拿大的蜜雪是個多產作家，平均一年半就會出版一本書。她說自己是講故事能手，讀來的、聽來的或自己經驗的，她都能加上對話，編出故事。讀者可以一氣呵成地讀完，不但留下印象，還能複述書的內容。蜜雪是個圓圓胖胖的媽媽，想來，她的小說故事不是讓人涕泗縱橫，就是能輕易引起滿堂歡笑。輪到依第時，她垂下兩眼，笑笑地說，自己是文學新手，由於基金會除了選擇有一定份量的作家之外，也給有潛力的作者機會，所以她感謝也珍惜這次相處的時光。

有一次在討論文字重要還是故事重要時，他們齊聲討伐，因為我最狡猾，因為我認為文字也好，故事也罷，全是把小說寫好的必要條件。這種二者等量齊一的不分輕重，並不符合二者選一的熱烈討論。我說，文字可以簡易，但不可空洞。無論故事內容多麼令人驚嘆，我對劣質文字沒有妥協的雅量。如此這般，笑笑談談，我們都欣愛這種相處模式。我在晚餐的言語飛揚中總會不自禁地特別注意到依第。她不喝酒、不喝果汁，只喝水。她往往先切一小塊盤子裡的食物，嚼完後才切第二塊；不像我把食物全切好了，才一塊塊地送進嘴裡。依第總是從容不迫，也似乎很習慣於吃西餐。她會在以餐巾紙點抹嘴角時，也同時喝點水。當我們眼光不經意相遇時，她總是禮貌地對我笑笑並低下頭去。我總會找機會偷偷地看她。也許是看她拿著水杯的手，也許是看她袖子上的蕾絲邊。依第不是一見面就讓人覺得是個美麗的女人。但在她素靜的臉上總有一些或一種無法言說的什麼，不斷絲絲縷縷地牽動著我。

好幾次我在廚房碰到蜜雪或者茱莉，有時她們恰巧同時都在。由於早餐、午餐各自解決，所以每個人泡茶、喝咖啡或煮些小東西吃的時間就錯開了。蘇菲負責採買，她總是把冰箱塞得飽滿，櫃子上大盤子裡的蘋果紅紅綠綠從不間斷。當日的麵包和牛奶會有固定的商家直接放在廚房門外的小櫃子上。誰起得早，誰先拿進來。奇怪的是，一整天的時間，不論我什麼時候去廚房，總是看不到依第。難道她一直不吃、不喝？我時常猶豫著，是否現在就去廚房或等二十分鐘、等半小時以後才去；還是，今天算了，明天上午九點四十五分或是下午三點半再試試？……如此反覆不定的心緒對我構成嚴重的打擾！你了解這種心情嗎？思諾。這不就像小孩子總想著什麼時候媽媽再給糖吃那般地心神不寧？我並不真的認識依第，彼此說得上話的時間前後加起來也許不超過二十分鐘，可是那份期待、那種迫切，怎麼就和年少時對心儀女孩的盼望完全相同呢？久違了近半個世紀的騷動怎麼就能如此輕易地突然強烈迸發，卻又如同第一次聞到不知何來的幽微玫瑰花香那般令我神迷、令我困惑呢？

有次我被自己吵鬧得無法專心，便換上短褲，戴上棒球帽和太陽眼鏡，頂著午後的太陽慢跑去。到了莊園旁邊的葡萄園，遠遠看到若赦騎著自行車奮力蹬上斜坡。那自行車應該原本是停置在莊園倉庫裡的。我邊跑邊喘邊胡想，是沈從文說的吧，寫小說就是要耐煩。我自己的經驗是，有時腦中瞬間的景象，一旦下筆，竟然必須以五千字敘述。有時候計畫裡預定的內容高潮，卻是怎麼寫都寫不到那個目標點。不是寫小說的人多言多語，嘈聒嘈啐，而是他們往往迷戀於溝通，單向的，帶著強迫性的溝通。如果他們企圖要讀者憂慮或歡笑，而讀者也真的感到陰鬱或開懷，溝通也就圓滿完成。令人氣餒的是，從意圖直到完成，溝通往往需要數年的時間。

也不過幾天，我已經對自己的不耐煩也開始抱怨了。我抱怨是因為我焦躁；我焦躁當然是因為白天看不到依第。在廚房看不到她，在園子裡看不到她，在村子裡也看不到她。每當我上樓、下樓必定經過她的房間，她的房門總是緊閉，也聽不到房內有任何聲響。除了晚間兩小時和大家一起談笑，依第是不存在的。

我停在湖邊喘息，努力制止自己幻想依第可能正在做些什麼。我的波濤心情似乎激起湖水盪漾。太陽把水波映出了鑽石白光，在我的黑色太陽鏡前閃耀。我繞過葡萄園的邊緣往上跑，應該就是先前若敖騎車經過的一段。跑過幾家農舍，不遠處是村子邊緣的大片森林。我猶豫了一下，放棄森林往回跑。到了莊園，打算轉進廚房喝水，卻看到依第！她似乎也驚訝地見到我，隨後便微微一笑。她正在燙衣服。她說，燙衣服的高架子和熨斗就在廚房靠外牆邊的一個長形儲物櫃裡，很方便拿。她問，我是否也需要，否則她用完熨斗和高架子之後就收進櫃子了。我朝著她笑，竟然忘了喝水，只感到無邊的幸福，哪怕只是一刹那。

你體驗過幸福嗎？思諾。那是種全然的和諧、愉悅。人的身心靈和自己的過往完全切割而成為嶄新的輕盈個體，整個意念與心緒光透而寧靜，肉體的感覺消失了，既沒有欲望也了無希冀。可惜這種狀態只發生在短暫的一瞬間，一恍神，人就又回到現實，徒留上一秒鐘甘美的餘韻。

大約兩個星期之後的一個晚上，我們應該討論出適合每個人的時間，以便一起去郊遊。七點的飯前小酌，我正要穿過舊餐廳到花園座椅區時，看到依第低著頭，正仔細讀著玻璃櫃內各地作家和出版人考夫曼的信件。要讀懂這些書信內容並不容易，有的字小，有的字草。依第皺著眉瞇著眼，專心地試著讀出內容，沒注意到我就站在她身後不遠。一小陣子之後，我向前兩步，鼓起勇氣輕聲地說：「我很高興每晚能看到妳。」依第抬起頭對我笑笑，沒有回應我的話，只是要我看看某幾個字是否也正像她所讀懂的。依第不回應我的表達，讓我有些失望。不知道她沒聽懂我說的，還是，我的聲音對她的專心只是個小鬧鐘而已。

出發那天，人人都興奮，好像關久了的鳥兒就要放飛。說話的音量增大了，次數也增多了。我們是一群要到外縣市旅行的小學生。先搭公車到火車站，再轉乘火車到城裡。遇到不懂的字眼或找不到街路時，便分散去問路人。我們的目的地是一處收藏思覺失調病人藝術品的展覽館。一旦知道了公車路線，如何到達其實也不難。

週三下午，除了我們，沒有別的訪客。展覽館三層樓高，佔地不大，收藏豐盛。繪畫、雕塑、木頭工藝、刺繡、剪紙……，一般藝術創作所包含的形式，這裡樣樣不缺。西方精神醫學界早就鼓勵病患以創作手法表達意圖。病患們通常有溝通障礙，讓他們透過創作表達自己，並且敘述創作的緣由與過程，外界也就較有把握找出通向他們內在世界的途徑。

五個人很快就隱沒在三層樓不同的展覽室裡，一轉眼，誰都不見誰。我看到一幅鋼筆畫，長長的鋸齒葉子和大片花瓣佈滿整個畫面。仔細端詳才發現，所有空白的部份全由字母填滿。我吃力地讀了讀，內容彷彿是兩個人的對話，卻又不見得，因為有些字母不像字母，而是繪畫者自己創造的字體樣式，神祕而不可捉摸。另有一幅是枯棕了的花瓣，也許是色彩的關係，每一瓣都顯得萎靡而欲振乏力。花瓣較陰暗的部份有個女人、一隻狗、兩個人對談的側臉、頭戴皇冠努力爬山的小孩……，再有些，實在難以辨認。夢境吧？幻像吧？太奇特了，應該只有創作者本人才能明白。我轉到另一個展覽室時，看到斜對面的依第正盯著一幅奇異的人像畫出神。那人的鼻子兩邊各是棕色和紅、藍色。眼睛大，眼球通紅，睫毛長得可以數出根數。他的鼻孔是兩顆金黃色的糖果，紅紅的雙唇由一條藍布隔開，或更好說是藍布綁住了他的嘴，使他無法吱聲。左右臉頰上各有一顆小太陽。綠色的兩耳下各吊著折彎了的細黑十字架。淺橘配上金黃的帽子比小飛俠的三角帽好看太多。他的全身由不同色彩的布條裹住，雙腿也一樣。他披著一條不大的，躲在身體後面的披風。披風的邊緣流蘇是一隻隻長得太長又讓風吹起的蜈蚣。這畫色彩驚人，內容卻難以理解。離依第約五步距離的一幅畫引起我莫大的興趣，便走了過去，也就順理成章地更加接近依第。那畫的下半端是個藍灰色的長櫃，櫃面靠中央的左右三斜槓裡全是戴著薄扁帽、留著山羊鬍的人頭。畫的底色是天空藍。頂端正中是個鑲著金邊的十字架，架下有個黃金太陽，放射出一束束的光芒，光芒的兩側各有一個智慧天使革魯賓。《舊約．出谷記》裡詳述了約櫃的製作細節，革魯賓和櫃蓋相連一起，他們的翅膀張開，向前伸起。他們的臉彼此相對。而這畫上的革魯賓卻是騰空飛起在太陽兩側，身體長長好似蠕蟲，翅膀向後翻飛，兩個圓圓的側臉遙遙相望。黑色的長髮豎直上天。這畫讓我覺得幽默，只是我不知道天主是否也這麼認為。

兩個小時就這麼過了。正當其他人仍在選購紀念品時，我看到依第已經往紀念品小店旁邊的置物櫃走去。難得和依第有單獨談話的機會，我便也快步趨前。這時我才注意到，她從櫃子裡拿出來的掛肩包和她穿的涼鞋是一樣的深藍，似海。我寒暄般地問她覺得展覽如何。依第停頓一下，斜著頭說：「這些人有奇特的風格是理所當然的，但是，你發覺沒有，不論是什麼形式的表達，不論平面圖畫或立體雕塑，他們永遠不會失去平衡。對吧？」我一下子愣住了，記憶中這是第一次感到張口結舌的尷尬。然後我聽到自己說：「一般人沒期待也不期待他們的作品。他們不憂慮競爭，不需要光環、讚揚或社會地位。創作而沒有羈絆，反而更加真實。」說完後我才發覺，自己根本是答非所問。依第不依，她追加：「重點是，沒有羈絆又不失平衡，可見得平衡是天生的，是不學而自有的。」「我贊成。人是天主所造，平衡是自然的，也是自明的。不舒適或不平衡反而是加工的，是刻意做出來的。我沒特別注意到思覺失調者渾然天成的作品永遠不失平衡，是因為，思覺失調者作品中的平衡是理所當然的。一般創作者作品中的平衡，也許是像失調者般的天生自覺，也許是學了理論之後的運用。只要呈現出來的是好作品，理所當然和特別強加之間沒有任何扞格。我想，任何形式的創作都差不多。我們寫小說不也一樣？」依第輕蹙著眉，微笑地看著我說：「你是天主教徒？你對人有不同的看法？」依第的表情有種說不出的複雜，不但是我第一次看到她展露這一臉部表情，就連在我認識的人裡面，也從未見過。那是種「你說話特別，所以你的行事也應該特別。但是你的個人，也就是你的人品，也和這種特別配合一致嗎？」的質疑。依第這麼快速又這麼尖銳的反應，卻又這麼成功地自我懷疑、自我抑制！我除了對依第更加著迷，而這一著迷也讓自己更加不安之外，我真想不出還能把自己放在什麼位置上，或是，我還能怎麼樣處理自己。

郊遊回來之後，人人積極準備朗讀晚會。我們必須把早已從作品中挑出並譯成英文的那一段印出來，反覆練習讀稿。蘇菲對我們個別訪談，為的是要在當天晚上向聽眾一一介紹我們。朗讀的場合就在莊園正屋裡最大的房間，有三個入口，無論從長廊、從舊餐室或花園的座位區都可進入。客廳是個長方形的格局，有三個沙發、茶几的區域。要是從靠著花園的門進入，可看到右邊牆上的一面大鏡子，鏡子下方是個明顯不再使用的壁爐。角落裡站著一架演奏用的黑色三角鋼琴。不論是沙發套組、壁紙、木質地板或是可以映照出鵝黃色光暈的壁燈，整個大客廳的佈置與色彩所釋放出的溫馨和愉悅，正是說明了這幢屋樓原來的主人多麼喜歡有朋友來訪。

朗讀當天下午來了兩位先生，他們移開沙發組，空出的部份讓有著靠背的折疊椅填滿。花園椅收入倉庫。一旦另張大桌子和原來的花園桌合併一起，兩條雪白的桌布便也鋪了上去。傍晚時分，天仍大亮，賓客陸續到來，一向閒靜安適的莊園突然熱鬧起來。他們在客廳裡站著、坐著，彼此寒暄。花園桌面也簇擁著酒瓶、酒杯、玻璃杯和各類飲料。

依第那天穿著一件無領無袖的全紅洋裝，腳上的涼鞋換成了純白色。在這個女人們好穿長褲的世紀裡，洋裝不得不被逼成了古典。依第的馬尾仍是高高梳起，典雅無比。她的身體勻稱，整個人淨亮安恬，卻又散發出無明的神祕。直讓人想要將她一擁入懷。

駐地寫作者來自不同的國家，英語就成了人人唯一懂得的語言。聽眾群中，有的是村裡住戶，有的是鄰近城鎮的文學團體成員，或原本就喜愛閱讀的文學愛好者，所以英語朗讀也就是不需再思考的必然。每一個人上場之前都由蘇菲介紹，朗讀之後讓聽眾提問。輪到茱莉時，她說明，她不讀翻譯了的片段，而是自己嘗試書寫的兩頁稿。她說，和我們相處這段時間以來，她受到了鼓舞，也打算開始寫自己的作品了。茱莉的宣示，讓我們後來對她的招呼問候，全都改成「妳寫的進度如何了？」

依第讀了她已出版小說中的一段，和政治迫害有關。她描述驚悚酷刑的細節，到了尾聲才知道是場惡夢。我無法理解的是，外表如此纖雅的依第，為什麼會有那麼澎湃的內在？她的神祕與難解越是誘發我一探究竟的決心。朗讀與問答之後是輕鬆的交談時間。有些人留在客廳裡閒聊，有的移步到花園裡邊喝邊談。都是晚間八點了，天還亮著。松鼠又是在樹枝上跳躍，在樹葉裡穿梭。蝴蝶們有時來，有時去。陽光是那麼柔軟，玫瑰正是盛開。我的心緒愉悅，和平常在家裡、在工作時完全不同。我似乎看到了另一個自己。我看到一個早已進入老年的男人，卻充滿熱情、衝動，也必須困難壓抑內心激昂的自己。眼前的一切是不是太過美好得失去真實？我注意到依第和一位男士談了好一陣子。不知道那男人針對她的朗讀內容提出疑問，還是有其他的意圖。我突然感到有點躁熱，些許忐忑，更不能把精神集中在來和我談話的聽眾身上。我發覺自己雙手握拳，呼吸沉重，或更好說，我竟然對一名毫不認識的男子燃起了妒意！只因他和依第多談了些？

通常晚餐後我們會一起收拾。除了把各自的盤子、刀叉、杯子拿到廚房放進洗碗機裡，還會把物品歸位，並且稍微清潔。有意思的是，不知道為什麼，若敖一定是按下洗碗機鍵的人。有兩次吧，把門窗關好，一天就要結束之前，我們一起到村子裡散步。雖是日照時間長，也總有天黑的時候。夜晚的村子靜謐極了。路燈通亮，卻一個人也沒有。有時候若敖和我一起走，三位女士走在一起。有時候蜜雪和依第一起，我、若敖、茱莉一塊兒。不論小隊伍怎麼變化，依第和我總是走不到一起。我強烈感覺，她有意避開和我單獨相處的機會。

確定的是，只要我有記憶一天，就絕不會忘記當時的心情。如果那時有把火燒著，我的皮膚至今仍然感覺到灼熱的疼痛。啊，不都已經過去幾年了！我那時提早一天入住莊園，可惜必須提早兩天離開，因為一整個學期的課就在眼前等著。我走入掛著考夫曼家族照片的舊餐室，從桌子上把最靠右的，也就是最新的一本紀念冊拿到花園，坐下來，一頁一頁地讀著曾來過莊園生活一小段時間作家們的留言。我翻到空白頁，覺得應該寫點什麼，只是腦子和紙張同樣空白，也許興致全貢獻給了過去一陣子所寫的短篇小說？我抬起頭來，把視線移到遠方的靜湖。陽光下的湖水顯得慘白，搖曳刺眼的是水波上的光點。魔力是時常遭到誤解的現象，人們往往以為它奇異而不尋常。真正的魔力是靜悄的，它的作用卻是顛覆性的。我終於開始懂得其實不捨是種魔力。我不捨這幾位不但不需要攀比而且還能享受彼此的寫作人；我不捨莊園的典雅高貴，以及它是文學的永恆體現；更不捨我在晚年巧遇，並且還能毫無保留為她動心的依第。我的不捨蛻化成沮喪的心情，並且導致肢體的沉重。我一字沒寫地輕輕闔上厚厚的紀念冊，難以舉步地走上樓，消失在圖書室裡。

就在我要離開的前一個晚上，我們照例晚餐後一同在廚房裡整理。依第突然很有興致地說，她打算十點去外面走走，誰有興趣，到時候就在門外集合。一小陣子過後，我心想，也許可以趁機和大家正式道別，便準時下樓。走廊上沒人，應該都在門外等著。一打開大門，我意外地看到只有依第獨自一人背對著門，坐在前廊台階上的夜燈黃暈裡。她應該是聽到開門聲了，回頭看到我，輕輕地問，其他人是否都不來了？

我們出了鏤花大鐵門，往右走。這條小路沒有路燈，所以月光出奇地亮。我們並肩緩步，誰都不說話。四周靜極了，就連我們自己的腳步聲也隱閉了去。幾次，我們的手臂不經意地相遇，我強烈的異樣感覺頓時驅散了白天寫稿的疲累。我側低著頭看依第。她只是抿抿嘴，沒有特別的表情。我自言自語輕聲地說，第二天我就要走了，茱莉會開車送我到火車站。依第不說話，似乎沒聽到。她埋著頭，正想著什麼。我卻有許多話要說。我有強烈欲望要表達我對依第超凡的喜愛。但是我猶豫而惶恐。猶豫的是，如果在這難得的機會裡不開口，我這一身一心的煩躁將會如何嘲笑我的懦弱？要等到什麼時候，在什麼地方才能尋回我的日常？惶恐的是，如果我的迷戀與痴心卻換來依第的取笑，我是否就要把自己藏在屋裡三年，才能平定這一生最劇烈的羞恥？我心煎熬，我完全沒有捉摸依第思緒的能力。她太不俗，也太神祕。我們又走了一段。也許依第也耐不住這逼人的沉默，她終於出了聲：「談談你小時候的家庭吧。」小時候？啊，這事多麼簡單，也多麼困難。你也願意聽聽嗎？思諾。

我家有三兄弟。幼年時人人說我是支小竹竿，我也就逐漸長成真正的竹竿來迎合他們玩笑一般的真意。中部的一個小鎮是我的出生地。爸爸在鎮上有一家布店，媽媽在市場賣水果。兩個哥哥大我好幾歲，早早就到城裡去念書。我家有兩層樓高。一樓做生意，二樓才是生活空間，頂上還有個違章大房，裡面堆滿了布匹和雜物。有時夜裡可以聽到老鼠們的吵鬧和追逐。我一年級一年級地往上升，成績不好不壞，朋友不多不少，卻有個誰都擋不住的貪婪。我愛書、嗜書、啃書。別人家的孩子是在外晃蕩，讓媽媽罵著回家。我是被爸爸從手裡搶過書，又攆到公園裡，逼我和其他的孩子打棒球。媽媽在晚一點的下午出發去市場，要到晚上我已經洗完澡後，她才提著可以煮成三餐的任何東西回家。爸爸的布店跟著他醒來，也跟著他睡去。媽媽去市場時，阿嬌就會來幫忙看店。我通常在量布匹尺寸的長桌上寫功課。夏天就有兩支電扇掛在天花板上毫無旋律地響。有時候店裡沒有客人時，爸爸會讓阿嬌到頂層找什麼花色的什麼布。隨後他會叼叼唸唸，阿嬌怎麼上去那麼久還沒找到。他也上了樓，過了好一陣子才下來。爸爸下樓的時候總是一臉的紅。隨後阿嬌才抱著一大捆布下樓來，並把它插入已稍稍嫌擠的布櫃上。半年後或更久些，阿嬌不再來上班。媽媽說，阿嬌回鄉下嫁人了，必須再找別人來幫忙看店才行。我們店裡先後來了秋月和秀琴。當時我不明白為什麼小姐們總是在店裡工作幾個月就辭職了。有個下午，爸爸又和美娟上樓找布去了。我功課寫了一半，突然想起雄仔向我借彈弓的事。他說，他已經玩壞了幾個彈弓，不敢再向大人討買了。我拖延了幾天，因為懶得上違章房找。那房雖然有個大窗，除非颱風下雨時才關上，平時是開著的，但是由於堆放雜物，無論什麼時候上去都覺得悶。想到雄仔催得緊了，我只好趁著沒顧客時趕快上去找找。

從二樓到頂樓有一座木梯，相當斜，必須手抓著前面的梯階才方便往上爬。正當我上到梯頂並預期會看到爸爸和美娟正忙著翻找布捆時，卻不見他們兩人。房間雖然不小，但沒隔間，可以一眼望穿。可是他們呢？就在這時候，突然我看到布牆下放著舊墊子的地方什麼東西正在攪動著。我在梯口定睛細看，只見爸爸跪著的身影在一大塊薄布底下擺動著，並發出喘息的聲音。然後爸爸把薄布往上翻，露出他白白的屁股和直直紅紅的那個東西，就像雄狗趴在母狗身上露出來的一樣。我驚惶極了，快速而無聲地下了木梯，衝到放著作業簿的長布桌前假裝忙著做功課，卻一個字也寫不了。我當時是國中二年級，也清楚也模糊地知道爸爸對美娟做了什麼，以及他對那些穿著迷你裙也還綁著辮子的小姐們做了什麼。不久後，爸爸紅著臉地下樓，隨後美娟才抱著一大捆布跟著下來，並把它插入已稍稍嫌擠的布櫃上。

以後的幾天，我飄飄浮浮地過日子。我不敢對媽媽提起，也不敢和爸爸正眼相對。我一直以為是自己做錯了。我不應該上樓找彈弓。我不應該看到爸爸和美娟做的事。總之，我不應該不聽話好好看店，不好好寫功課，所以才會得到焦躁、氣惱、羞恥得作嘔的懲罰。隔年年初，鎮上人家都準備過舊曆年的一天下午，美娟的爸爸、媽媽和大伯、母舅帶著挺個圓圓胖胖肚子的美娟到店裡來。他們凶煞煞地要來討個說法。媽媽那時正要去市場，立刻被攔了下來。店裡正在買布的兩個女人看到事頭不妙，全嚇跑了。不久後，美娟、她媽媽和我媽媽哭成一團，爸爸和那兩個男人互罵得幾乎要打起來。我害怕得逃到公園去看人打棒球。第二天，爸爸不再開店，媽媽也不再去市場，他們也不彼此說話。兩個半月後我們搬了家。在城裡雖然有了新生活，舊思緒的鬼魅纏據著我們每一個人。日子過得浪高浪低，一點也不平靜。我懷疑兩個哥哥是否知道家裡發生了什麼。我沒問他們，他們也從未問過我。

我一口氣說了這麼多，依第卻一言不發。我低頭看她，只見月光下的依第深鎖眉頭，不願施捨我一眼。我強調著告訴依第，明天我即將離開，纖亮而溫美的月光正是為我送行。依第終於抬起頭，一臉的驚訝。她睜大眼睛，第一次對我直視。我的手不自覺地靠上她的臉頰，她不抗拒。其實我前兩天在晚間餐前酒時告訴過大家，只是那天依第遲了幾分鐘到達，消息也就這麼錯過了。她的驚訝直視以及對我的不抗拒，透露出她對我的不捨。這種曲折婉約的女性表白，立即讓我不斷提醒自己要勇敢面對不捨的心緒突然轉而興奮莫名。這些日子以來，我似乎是端著一顆赤紅跳動的心在依第面前晃蕩。她覺得草莓太酸，我主動去廚房為她拿來細糖。蜜雪講笑話時，我笑得特別大聲，希望能引起依第的注意。我就像個害羞的少年，初戀的對象也就是他的公主，少年有意無意地要討好她，但願她能投看自己一眼。然而公主的毫無感知，讓少年變得膽小怯懦了。現在，就在這月光小道上我突然受到鼓舞，卻一下子不知道該怎麼反應，只好抄襲她。我想聽聽依第小時候的故事。

依第的功課一向很好，總是班上的前三名。四年級的女導師以成績好壞把學生階級化，以分數高低安排教室裡的座位。最好的坐中間一排，教室裡最旁邊的左右兩排坐著老師眼中最差的學生。依第當然坐在中間全是排長的那一排。她的一個特別卻不引起注意的同學就坐在牆壁旁邊。不知道什麼原因，這女孩從來不笑。有一天，發生了一件什麼事情，是依第早已忘了的。老師發怒，把那個時常皺著眉，不發笑，瞇著眼，樣子並不討喜的同學叫到黑板前。這女同學又高又瘦，她的左邊嘴角有一顆痣，她的右手拇指旁又多生了一支小指。她哆嗦地走到老師面前，聽著老師的咆哮，乖順地伸出雙手。長長粗粗的棍子重重地落在她的手心又彈了回來，她立刻痛得眼淚直流，身子蜷了下去。老師邊打邊罵，說她以後就去當酒家女，去當妓女，不用念書了。不知打了幾下，老師才命令她回座位。聽同學說，這女孩家裡只有媽媽和她。媽媽是賣烤玉米的流動攤販，常常要躲警察。依第一整天都為同學難過。下午收拾書包時，她憋不住了，便對後座的同學表示，老師對那受罰的同學太過嚴厲，太沒有道理了。後座的那個排長瞪大她原本就有些突出的牛眼說，第二天她會告訴老師，依第說了老師的壞話。這讓依第害怕極了，卻不對敢任何人提起。她那天放學回家後，飽漲著憂心，好不容易寫完了功課，也整晚睡不好。第二天到校，她反覆想像著老師的棍子落到她的手心會多麼疼痛時，才發覺，那凸眼同學早就忘了這事。依第這才意識到，自己是白害怕，白操心了。那個年代，很簡單，往往把人分成兩種，一種在你之上，一種在你之下。上與下的分別更簡單，就在於有錢、沒錢。在上的，也就是有錢的，人人嫉妒；在下的，也就是沒錢的，遭到鄙視；大約同等的，就有從不停歇的比較，再比較。那時候的人們循著一條規律，踐踏人生。嫉妒時，對人酸言酸語；鄙視時，以下三濫的字眼相罵；同等的，會窺探對方正在做什麼、想什麼、計劃什麼，然後想方設法超越。

你也經驗過這樣的社會氛圍嗎？思諾。現在不也仍然遺留？

牛車在柏油路上走，為了清除牛隻一路留下的排泄物，農人必須從座位跳到地面，鏟起牛糞丟上牛車，再躍上座位。這麼來來回回，總要反覆幾趟。小依第看著看著，直到牛車走遠了。我以為這是我們小鎮獨有的風光，原來一直居住在大城的依第也曾經驗過。還有，死貓吊樹頭，死狗放水流，都是我們小時候的共同記憶。依第看過充塞著垃圾的大水溝裡有著狗的屍體。大溝裡的水慢慢流，狗屍上的蒼蠅也一路跟著盤旋嗡飛。吊樹頭的死貓才嚇人。腐爛了的貓頭上外露的長牙，以及發出惡臭的貓屍，嚇得依第和同學們掩鼻快逃。以後的一段日子，不論樹上是否吊著死貓，依第和同學們總是跑步穿過那條必經的石子路。

下雨的日子依第最歡喜，特別是大雨過後的小雨天。在家裡和學校之間有座體育場，周圍的地上鋪遍鵝卵石。雨後，卵石上便會留下許多小窪坑。依第撐著傘，穿著雨鞋，從這個水窪跳到那個水窪，再從那個水窪跳到更遠的水窪。這事讓小依第感覺好幸福。沒有課的下午，她會和同學戲弄從卵石縫裡長出來的含羞草。這裡一叢，那裡一叢。她們蹲下來以手指小心碰觸一片片瘦瘦長長的小葉子，然後一排排地碰，然後索性站起來拿腳一掃而過。夾雜著吱吱咯咯的笑聲，她們從這一叢跑到那一叢。回頭望時，原本青綠的一片已不見蹤影。這不是對植物的殺戮，只是一種頑皮。過不多久，那些纖纖小葉總是要長回來的。

長大了些，依第曾經有個不同於一般的女同學趙曉晴。少女總懷春，但是這瘦小同學的春天特別奇異，總是帶著些許閃電與雷聲，對人們的打擾有時隱約，有時明顯。說穿了就是要引起注意，引起老師的注意，引起同學的注意，引起任何人的注意。曉晴並不把自己打扮得花枝顫顫，而是以自己認為的哲學問題羞辱她心目中不懂得什麼是深奧的其他人。她的不羈也驚訝了拼命要學著怎麼做才能舉止瀟灑的男生。有一天夥伴們去郊遊，秋野不見得比不上春野。有的看山，有的涉水，人人玩得盡情盡興。在吊橋上留影更是必要的儀式。拉拉衣角，順順頭髮，人人認為就要在相片裡站成永恆之前，爭先整理自己。曉晴不同。她不在意自己的長髮在風中交織亂舞。她的雙肘和右腳往後支在吊橋繩索上，笑得瞇眼又甜美。一旦挺了胸，兩個乳頭立即突顯了起來，彷彿就印在曉晴的棉衫上。女生看了低下頭，男生看了別過臉。

畢了業，人人往東向西辛勤奔赴，尋找自己的定位，日子不冷不熱地過著。幾年後，依第突然接到曉晴的電話，希望能談談。曉晴指定在市場邊的冰店見面。市場吵雜、悶熱。冰店吹送冷氣，一推開玻璃門，清朗撲面，是談話的好地方。她們都準時到達。當曉晴正看著冰品單時，依第留意到同學的憔悴以及整個身形的退縮。那天，一個失去往昔風雲的曉晴對依第說的第一句話是「妳為什麼還是這麼漂亮？」然後，不急不徐，曉晴幽怨地訴說著自己。有時在不需要笑時，她卻笑得大聲也停止不住。有時在依第提出嚴肅問題時，她竟然笑得前仆後仰肩膀顫顫。她告訴依第她的故事。她說，她的男友幾次帶她上旅社開房間。她說，他們做愛時，她的男友輕撫著她的大腿，認為她的雙腿雖然沒穿絲襪，卻有絲襪在女人皮膚上的作用，所以她的美腿天然而不造作。她說，後來男友避不見面，沒有理由，至少不是她想得出來的理由。後來曉晴不說了。她哭。她哭得整個胸口凹陷，就快要貼上了後背。然後曉晴突然站了起來，她要依第陪她去見男友的姊姊。這姊姊和她們是校友。依第的成績在學校裡風光招搖，少有人不認識她。「我的話，學姊不一定相信。妳出面，她不得不信。」這是曉晴對依第的信賴和委託。學姊家就在市場裡的一棟二樓房，她們步出冰店，轉個彎就到。依第才會意，原來曉晴早就計劃好，讓依第出面為她擔保，所以才約在市場邊的冰店相見。面對學姊，曉晴再次哭訴。學姊只睜大她戴著眼鏡的眼睛，說，弟弟是家中的棟梁，是全家的希望，曉晴形容的不是她所認識的弟弟，但她會問清楚。然後呢？沒有然後。也不再有然後。過了多少年，曉晴又約依第談話。曉晴說，男友成了一家大醫院的婦產科醫生。她故意去掛號門診，兩人相見，面無表情。曉晴坐著坐著便坐成了一個人形威脅，醫生低下了頭，一句話也不說。許多年過去了，依第打電話找曉晴，二嫂告訴依第，曉晴進了精神病院，最好不去打擾她。應該是家中同一具電話機吧，曉晴曾透過這電話壓低聲音告訴依第，她的大哥曾對她性侵。是擔任商船船長的大哥嗎？是曉晴一直引以為傲的大哥嗎？是娶了美國女人當妻子的大哥嗎？一個人會有幾個大哥呢？

依第說了，我聽了。故事太過沉重，把我們深深壓回原有的靜默裡。過了片刻，終究還是由我打破冷寂。談談妳媽媽吧。我向依第發出邀請。我怎能辜負明月白白送我和依第談話的纖光。

依第說，她的媽媽溫柔又美麗；不是流行歌中的溫柔又美麗，而是媽媽特有的溫柔又美麗。不只是媽媽平時生活就存在著這種特有，就連媽媽在醫院裡的病房也最特殊；因為只有她病床的天花板上飛舞著美麗的蝴蝶，有粉紅、粉藍也有粉紫，都是依第買來彩紙，畫好、剪下才貼在媽媽仰躺時眼力所及的正上方。

檢查出結果之前，媽媽的臉色已蒼白，而且常有嚴重腹痛。媽媽知道一定是身上長了什麼歹物，可是她仍隱忍。那時的依第正忙著自己的青春與無知，直到許久之後，她才模糊地認識到，媽媽的溫柔和隱忍之間或許有些關聯。那就是，隱忍耍弄了媽媽的溫柔。

媽媽生病那段時間，阿姨們最活躍。一個阿姨買了條魚給媽媽進補。一開始，阿姨說，這魚不便宜，但是進補要緊，別問我多少錢，別怕我破費。聊著聊著，便說了，這魚三百塊錢一條，也不讓人殺價，很死硬的。接著又說，真不好意思，本來是不想說多少錢的，卻又不小心說了，真不好意思。另一個阿姨到南部鄉下買特別的草藥。幾大串連葉帶枝的枯萎與瑟縮，裝在奄奄一息的灰色大塑膠袋裡；還千叮萬囑，要依第放多少水煮多少小時以後才給媽媽喝下。依第悉心照做，一個星期用掉一桶瓦斯。燒光三桶瓦斯之後，媽媽完全沒有起色，阿姨也就不說不勸也不再來了。還有依第那總是以為老天只認得他，只會為他掉下千萬黃金的爸爸。他強迫已經病得難以起床的媽媽，去一個信眾特地為一個什麼王爺捐出的處所祈求。只要爬上四樓的王爺宮，只要跪地、起身，伏拜一百次，只要誠心感動王爺，沒有治不好的病。可憐的媽媽回家後，薄薄的身子就癱貼在床墊上，疲乏得不能說出一句話。依第氣得瘋狂！在接電話時，話筒竟然被她劇烈抖動的手震掉在地上！

後來她必須跪在醫院的病床上，以左臂彎提起媽媽瘦削得如同小山峰的膝蓋，快快抽出已髒了的尿布，那刺鼻的腥味和陰濃的灰黑色，應該都是隨著打點滴的液體而流出腹腔的腐爛。她再以右手把乾淨的尿布墊入媽媽嶙峋的臀下。再後來，那個即使在病榻前和護士開玩笑也無所謂的禿頭醫生，在媽媽肚子中央挖了個小洞，讓腐爛水隨時隨刻從這洞流出。依第再也沒有速速回家洗澡、拖地，又速速趕回醫院的時間。她不停地在媽媽的病床旁邊左走右走，一看到那個可惡的小洞冒水，她立刻拿衛生紙擦去。由於腐水腐蝕皮膚，讓媽媽除了管線纏身之外，又多了個惡毒的傷口。依第想到吸水力強的衛生棉條應該可以防止或延遲水漫洞旁的皮膚。她去買了來，一條條輪流插進那個冒出污水的小洞，讓媽媽破皮赤紅的皮膚可以休息一下下，不再那麼疼痛。媽媽的大病似乎濃縮成這個頑固的小洞，是依第全心全意要痛恨的對象。只要依第累得閉上眼，就彷彿看到水流出洞的情景，她會立即驚醒。最後的最後，媽媽是在家裡病逝的。媽媽的一生從未像其他女人有減重的需要。後來更是成了美麗又溫柔的骷髏。一付小小女孩的骨頭有多輕，媽媽就有多輕。分分秒秒都是煎熬的七個月結束了。葬禮過後依第深睡了整整一個星期，無夢也無痕。許久之後，依第從波士頓回來，無意間看到爸爸一件深褐色棉衫的一角有著亂針白線參差不齊的縫合。那是爸爸不及格的手工藝。萬千哀號也抵不過那亂針雜縫之於深沉痛楚的象徵。媽媽真的走了。

依第不再說話。她沉默著。良久。她背對我，望著月光下的湖水，把自己平靜的聲音鑲嵌在夜晚湖邊的空曠裡，並且在逐漸微弱的音韻中停止。依第的婉婉敘述包含禁錮人心的魔咒，讓我感到陌生，卻又不自主地陶醉。我把手搭在依第肩上，緩緩將她轉過身來，才發覺，淚水早已在她眼中暗流。她對媽媽的痛心與不捨，有如多少年不斷吹襲的淒風，一陣陣向我襲來。我憐惜地低頭輕吻她。她不抗拒。我放膽對她進一步試探。她也不抗拒。月光於是映出我們的影子在清涼的夜風中緊緊合一。突然，依第猛力把我推開，說：「我們都是有家庭的人，能走多遠？」

依第的話把我整個人震回現實，震得零落。在回莊園的路上，我的心走得荒亂顛簸。過去的短暫日子，我迷失在文學的芬芳裡，更在依第對我心神的擾攘中努力泅泳；遺忘了一地的是我的妻女、我賴以生存的工作以及我立命的價值。依第的兩句話是轟隆的雷聲，更加響亮在我的心底。我沮喪地打開莊園主屋的大門，送依第回房，自己慢慢走上圖書室。我洗了個澡，躺在小室裡的床上，卻是羞愧輾轉。我覺得自己應當告解，我痛悔得罪了天主。我向主耶穌祈禱，決心立志，避開一切犯罪的機會。我必須把生命、行為、工作奉獻給主。我依靠祂無限的良善與仁慈，求祂赦免我的罪過，助佑我改正。恐懼催促我急切祈禱。我渾身發熱，微微出汗。我起身跪在床邊，一遍遍地頌唸《天主經》。我們的天父，願祢的名受顯揚，……願祢的旨意奉行在人間如同在天上。……不要讓我們陷於誘惑，但救我們免於凶惡。逐漸地，我的懺悔禱詞集中成為，不要讓我陷於誘惑，不要讓我陷於誘惑，不要讓我陷於誘惑……。突然，我聽到嘎吱的聲響。我停下來，懷疑自己是否聽錯了。幾秒鐘後又是一聲、兩聲。不但沒聽錯，我確定有人進了圖書室，因那聲音正是推開圖書室門之後，踩踏地板的嘎吱聲。每天進出數次，這聲音我太熟悉了。我站了起來，輕慢慢地打開小臥室的門。然後我看到……，我看到依第！她鎮定地微笑著。她放下的高傲馬尾成了一款柔滑的披肩。她的紗質長袍在夜風中輕輕飄動。她白皙的雙腳整齊地平踩在深色的地板上。月光泛灑她的全身。依第是發光的精靈。待我走近，我看到依第紗質半透明的白長袍裡沒有任何束縛。我的心突然劇烈跳動。我的熱血在脈動中狂流。我牽起她的手，走進小室。我輕輕退去她的長衣，自己躺在床上。依第張開雙腿跪在我身體兩側。她慢慢低下頭。她涼涼的身體一點一點地貼上我澎湃的胸膛。她的長髮撲上了我的臉。而當我的身體向她襲來，她便如同花朵般向天地敞開。天使主持了一場誘惑，在耳邊唱出了那首情歌，有少年的火焰以及少女的冰涼……

唉，思諾，我一口氣說了這麼多，你一定認為我虛偽，對吧？是的，我虛偽。你還願意聽這虛偽的人繼續說下去嗎？

你說……。你說吧。

莊園寫作如同一潭迷惑人魂魄的流沙，我費盡力氣自拔，強迫自己脫身，才能安穩地回歸平常。無止盡的上課、下課、開會、座談、演講、訪問，以及沒有鹹甜，無關辛辣，更是穩固有如千年磐石的婚姻，都不能妨礙為了寫作而源源不絕噴湧而出的繽紛遐想。我忙碌極了。不僅僅是肢體，我的腦神、我的心緒、我的情感全都四方奔騰，無法駕馭。想像是創作的沃土，我不但一一記下看似古怪，實則精彩的天馬行空，更把它們以電郵方式傳輸給行蹤成謎的依第。整整一年，我不間斷地向依第叨述、向她哀求、向她討說法，只是依第的電郵既聾又啞且盲，傳不過來哪怕是依第的一句話、一個字。依第的不回不應讓我變得非常焦慮。我沒有心思在課堂上講笑話，遇見其他老師也只是禮貌性地招呼。妻子、女兒以為我又在寫小說，離得我老遠。我的起居貌似平穩，內心卻是有著萬般掙扎。其實依第並未辜負我。她的不回答應該是明顯的拒絕，拒絕我們進一步的關係。但是依第不知道她自己是魔女。她勾人魂魄，令人坐立不安。我太過厭倦這種煩躁。我必須做點什麼。於是，我決定出發去找依第！這個決定讓我突然活潑起來。我開始想像，看到依第時第一句話應該說什麼？我甚至在早晨梳洗時，對著鏡子練習應該以什麼表情，什麼聲調對她說話。我當然非常想知道，為什麼她不回我的電郵。但我提醒自己，她必定有她的理由，冒然直接提問恐怕讓她不高興。那麼就等到一切緩和時再說吧。其實不提又何妨，只要能見面，所有的問題都不再是問題。我越想越興奮，幾乎已經看到了站在我面前的依第。一轉身，現實的空洞卻又是那麼地絞人心肺。

我找出莊園的資料，禮貌地問了考夫曼基金會可否給我依第的住址。萬萬沒料到，基金會竟然以保護個資為理由，把我狠狠地丟入深淵，澆熄了我最後一絲希望。於是我只能不斷揣摩、不斷思考，並在依第以我們各有家庭為理由而拒絕，卻又在那個安靜的深夜裡使我成為世上最快樂的男人之間，有如梭子一般來回尋找平衡。依第對我的刺激太過深遠，她決絕地拋棄我，逼著我蓄意以綿長的訓練禁止她進到我的心靈繼續神遊。最終我被迫認為，依第希望在我們彼此怨懟之前，把關係定立在美好的最高點。我認為這個解釋是對的。我滿足於這個解釋，也喜歡這個解釋，並且懷抱著這個解釋而生活。只是，依第並不從此消失。

回到生活吧，回到別人眼中的正常。我原本是「人生可以有所選擇」的佈道者，現在遇到自己必須做選擇時，那個佈道者卻悄無聲息地消失，並且把選擇推託給了命運。我對自己的背叛感到恐懼。不！是我選擇了命運，而不是命運選擇了我。所以，恐懼，你滾吧！我仍是自己的主宰，我仍然可以自由選擇。啊，思諾，我怎麼從來不知道自己可以陷入如此這般的反覆人生！

在私立女子高中教授英文，我雖是早已熟稔不過，卻也充滿挑戰。原本屬於學生自己的工作，現在的老師必須分擔至少一半。一個也許可以說明的例子是，過去學生背記生字，老師最多交代應當怎麼背才正確、才省事。現在卻要透過工具與遊戲，讓學生像玩耍一般地學。學生是否喜歡學或願意學，似乎全成了老師應該負責的工作。我自己寫幾個小故事讓學生演出英文舞台劇倒是有趣得多。可惜，有趣只發生在我這一方，學生不見得認為可以在有趣中學習。在我發覺高壯的女孩不喜歡男性或動物角色的時候，我可以借著書寫分派大部分故事的內容給她們，也特別陪她們練習，並且強調，她們角色的重要性足以左右整齣戲的成敗。結果是，她們的參與態度和學習效果也就較能符合我的期待。其他老師們認為我自找麻煩，我只是想讓自己的生活有些變化。

我的妻子魏琳同樣擔任教育工作。她的小學教學不見得比我的輕鬆。她親歷的麻煩事大都來自家長。有的父母懷疑老師在孩子的成績上作假，因為他們的孩子值得有更高的分數，卻在「老師給孩子低分，究竟自己得到什麼好處？」的問題上，答非所問地破著大口罵：「妳沒賺得比我們多，別以為妳有多了不起！」孩子受罰必須提早十分鐘到校做清潔工作，家長竟然可以理直氣壯地說：「妳是教書的，怎麼可以隨便處罰小孩？」或是，「我的孩子是來學東西的，不是來受妳處罰的！」或是，「妳是什麼東西，竟然敢動我的小孩！」每當魏琳向我訴苦時，我總是摟摟她，帶她出去吃一頓。

這麼多年來我工作上的不悅，甚至引人啼笑皆非，都來自學生本身。和小學時代不同，在她們這個年紀，父母都是多餘的。高中女孩的青春悸動，多樣多貌；有的不羈，有的外顯，有的隱晦。通常在校際賽事或出遊的活動上，只要有男孩在場，悸動才會有可能得到久待了的回應，彷彿是鳥兒們的季節性配對。她們也願意以簡易的英文作文透露她們不複雜的愛情。這不新奇，也讓人覺得有趣。然而，只要她們把自認為是一種對異性的曖昧發抒在我身上，並暗示對我的傾慕時，事情立即變得麻煩無比。有的女孩像日本漫畫裡有著大眼睛的女娃娃一樣，雙肘立放在桌上，把下顎擱在交握的手背，在課堂上傻笑地盯著我不放，這讓人非常不舒服。有的正相反，上課總低著頭，一整個學期就怕看我一眼；再有的，當我看著她並要她回答問題時，她會趕快低下頭，緊張得深呼吸，甚至快速走出教室。有些鼓足勇氣遞紙條向我示愛，著實讓人感到厭惡。我總是把這些女孩約到教師休息室的一角談話，既有老師們的在場證明，又不會受到打擾。首先我感謝她們的青睞，並且對她們的明知和老師不可能有結果卻又大膽表達的堅持，表示佩服，因為她們頗有特立獨行的氣派，讓人感動等等的。我講話時，有的低著頭，有的紅著眼眶看我。等到聽完我的話，有的會紅著臉，默默地走出休息室；有的會當場哭泣，不知如何結束和我的談話；有的感謝我，願意把她的心緒分析清楚；有的氣憤地走開，又去偷偷刮傷我的汽車。這些每幾年就要發生一次的林林總總，令人無可奈何。最棘手的是，因為單戀得不到承應而心緒落空，更因羞憤而出走，這就要驚動父母和警方去找回。唉，這些不都是沒有發生的必要？離奇的是，沒有必要卻硬是相傳延續，女孩們重複上屆或上幾屆學姊對自己的傷害，練習錯誤，卻也理直氣壯，欣欣向榮，像極了我案頭上長快了的黃金葛。只是植物默默，而我年輕的女學生們卻是除了對自己內心吱喳不停，更是引領無辜的父母為她們變調的吱喳曲伴奏。我不惹她們，是她們自願惹我。身為老師，我還能怎麼做？無論何種情況，她們往往為我筆下的故事提供部份素材。不是我消費她們純真的情感，我不過是記錄人生；或者更好說，我不過是收集人們其中一種或多種悲傷罷了。

你收集……記錄……，你怎麼開始……

你的意思是，我怎麼開始寫作的嗎？思諾。

不記得我幾歲開始投稿。也許十一歲，也許十三歲。過去，寫了多少字，稿紙會知道。只要在已成塊、成框的方格中滿滿填上不願告訴家人，連最要好同學也不肯對他們透露的心裡話，報紙副刊編輯翻一翻稿紙，多少字數便心裡有底。如果採用了，究竟是明天還是後天刊出還是哪天刊出，我當然設想不到。投稿時附上的回郵信封總是承載著我的歡欣或委曲地飛降在編輯桌上。刊出了的文章，報社會把印有投稿者自己文章的那頁寄來，否則郵差會把不受編輯正確對待的稿子送回。如果回郵信封沉甸甸的，我就知道是退稿，就要陰鬱好幾天。

我的少年時代曾有過留學生文學，那是極受歡迎的，寫作界裡的一個流派。當時的我，將它看成是文學的一道彩虹。那些記錄留學生活的文字優雅、易懂，它們釀製了許多奇異花香，所散發出的氣息引人神往。那樣令人好奇的書寫，允許我經歷不知飛機在何處降落，卻應該真實存在於某處的那個男人，怎麼辛苦地得到博士學位並讓商學院聘用；或是讓我發出噓嘆，那女人其實不需要為了英國丈夫外遇，而在大雪紛飛的深夜自盡；又或是讓我感受到，以為買到便宜罐頭，後來才知道是貓食的時候，可以有多麼困窘；以及在文字裡聽到哥德式建築教堂裡無伴奏葛利果聖歌的清澈與聖潔。而那時的學者們環繞著這些留學生追跑，也確實為文壇留下了些好篇章。幾十年過去，學者們近來則把不只因留學，也因工作或婚姻而離家遠去的人們所寫的，輕飄飄的文字，安框上了移民文學的術語，以便能更方便地申請經費，演繹了什麼是學術研究這一行業。也許學者們沒意識到，他們無意間指出的，其實是不太有人知道的事實，一個讓人不怎麼舒服的事實。不外是，留學生或許有點窮，移民往往不窮；留學生自願出國高飛，移民更是恨不得今天就走。學者們的論文上爬滿了流浪、鄉愁、奮鬥、受歧視、辛苦掙扎等等的蠕蟲，也就是一些離開故鄉的人慣用的也好用的字眼，彰顯遊子在外生活不易，而父母年老病苦，自己卻無法在家奉養的無奈與自責。然而學者們不提留學、移民真正深層的緣由，可能他們確實不知道，也可能因為他們一旦破壞了研究對象透過文字帶給讀者的美麗想像，恐怕就要少了一樣可以下筆的移民文學主題，總不能把他們早已寫過千萬遍的民初作家、現代文學、女性文學等等的，再寫第二個千萬遍吧。學者們為什麼不敢掀開矯飾遊子的美麗外衣，並且暴露他們襤褸的內裡？有多少因虛榮、拜金而離家的人卻往往以堅定的流浪者自居？有多少因嫌棄自家的齷齪落伍而遠走高飛的男男女女卻高唱鄉愁鄉愁的虛假哀歌？在他國享受高薪、高福利，仍然要偶爾回鄉接受親友的逢迎和欣羡的海外華文作家，究竟是什麼品種的作家？他們彼此之間情緒、風格、文字、領域，大量重複也嚴重重疊的書寫為什麼喚不醒嫌惡自己的心？還是重複與重疊正是相互吹捧依恃、相互抄襲意念卻又彼此暗聲批評，一種隱蔽且刁鑽的好法門？

對不起，思諾，原本應該談談我的寫作，我卻歪斜著去批評了我觀察到的一些文壇現象，希望你不要介意。

從莊園晚餐的經驗裡，我知道依第喜歡聽我聊這些，但我懊惱她不回覆我的電郵。不回，並不阻礙我不斷向她說話的執著。一開始我是惱怒的，只得找到了自以為是合理的解釋。再後來我發覺，當我獨自在租來的平房裡發出聲音對依第說話時，至少我的心是平靜的，是沒有起伏、沒有好惡的。我告訴依第，多年前我去曼谷參加一個作協的年會，一位華裔媒體金主徐先生為了慶祝他投資的綜藝節目收視超前，設宴款待不同領域的菁英。作協會長為了爭取金援，透過管道和徐先生見了面。可以想像的是，徐先生為了表現對文人的敬重，也為了表現他以為本身已具有的，並且自然散發出的文化氣息，不但立即慷慨允諾贊助作協，更是力邀作協成員蒞臨宴客的餐廳。附設舞台的宴會廳堂永遠不缺煽情的人造恐怖。無論台上的人是否擅長說話或表演，無論所擅長內容的品味、等級如何，本質就是魔幻的公共舞台總有加乘擴大的效果。徐先生致辭時，他一派正經，還特地提到作協成員在場，讓晚宴富有文化氣息，更讓全體賓客為作協鼓掌。徐總在台上慷慨陳辭，我則暗地裡打量他。這商場老手明顯已開始掉髮，不得不把左邊仍有的頭髮向稀疏的右腦勺梳理。就要訂製的假髮將為他加冠應是遲早的事。他穿著講究的三件式西裝，深黑色的底布上有著深灰色的細條紋，讓整套西裝不至於太過嚴肅；外套左上邊的口袋裡還露出一角紅色方巾。徐總拿著麥克風的右手，腕上有一圈閃亮的金環。隨著說話忽而高舉忽而前伸的左手，中指上有個相當大面積的方形指環，幾顆鑽石鑲裹在銀色的邊框裡。徐總說了什麼，不曾在我腦子裡留下印象，只記得來自賓客的掌聲如潮浪，一波接一波。有吃、有喝、有表演，加上對數大為美的迷信，把那個晚上建構成扎扎實實的一場災難。過多的吃與過多的喝是對公德的戕害。至於那些表演啊，還有那樂團的極大聲啊，看看同桌作協成員的面無表情，只差沒舉起手來捂耳，即可明白。怎麼是慶祝呢？怎麼是同樂呢？吵鬧得連隔鄰同座都不可能交談，才真正是賓主盡歡？再後來是隨樂起舞的節目。一個自詡年輕的半老婆娘在舞台上踩步踉蹌，根本配不上音樂節拍。她彆扭尷尬地胡亂擾動，幾分鐘後就顯出了狼狽樣。她越是要強迫自己跟得上節奏，就越是讓人覺得她正不自量力地伸出嶙峋的爪子艱難地要強拉住青春。這是一件多麼敗壞自然的事情！這場子裡的一切讓我的感官遭受難以容忍的迫害，於是我突然起身，頭也不回地離開現場。

事情還沒完呢，思諾。我向依第嘮叨的也只是前半段，現在就請你聽聽後半段吧。當時我並不知道，第二天有更精彩的愚蠢正等著。

那個飯店地勢有些高，走向大門之前還要登上至少二十級階梯。飯店前的廣場上擺著兩座巨大的壓克力龍與虎，造型鄙陋，顏色粗俗。廣場外圍兩側停著不少豪車，在早晨的陽光裡微微發亮。作協開會地點和前一天晚宴在同一飯店，只是換了廳堂。應該來的人都已準時出席，理事王旭全卻遲遲不見蹤影。後來會長不再等待，議程於是開始。約三刻鐘後，王旭全才從會場後門悄悄進來，還向坐在最後排的我眨眨右眼。他是趕著來的，臉仍紅，氣還喘。王旭全專寫政治評論，文筆雖好，一旦寫起純文學，就會出現不平衡結構或是用字出格、不夠精準的障礙。如果他只蟄居在政治議題裡，比較是正確的人在正確的位置上？不一定！休息時，人人喝飲料、吃甜點，交際正熱絡。我側問王旭全為什麼遲了。他似乎要宣佈一個祕密，把我拉到沒人有興趣的，堆放空飲料瓶的一角，輕聲地告訴我，吃完早餐徐總就請他去談話了。談什麼？談徐總想要在伊拉克投資油田！在少於一秒鐘的時間裡，兩個疑慮亮閃閃地在我腦海中出現。徐總上了富比士榜單了？他希望有多大的油田？怎麼開採？雇用什麼人開採？油田如何維持運作？機件從哪些國家來？如何維護保養？是否需要武裝民兵保護？員工及其家屬的食衣住行育樂怎麼安排？客戶是誰？主要的消費端在哪一洲？陸地運輸怎麼進行？海上運輸必須經過哪些水域？運油船需要武裝嗎？遇上海盜怎麼處理？一系列營運的保險費怎麼算？我的第二個不解是，五十出頭的王旭全至今單身，靠祖產房租過得相對安穩又便利。他的政治評論就是翻翻書籍，坐在電腦前閱讀，靠著同一筒氧氣呼吸的同好們一起鬪嘴，或是搜集學者們彼此抄了又抄的，不知道是第幾手貨的訊息而來。他自己不曾親自走踏戰事現場做訪談、躲子彈，也沒有參與重要智庫的討論、辯論。他認為自己的道德指標高於社會主義者。他為窮人抱不平，替下層階級代言，認為弱就等於是正義，自己開的車卻是只有五年就要汰換一部。他在文章裡大肆撻伐美帝的軍工複合體。他認為美國為了自己的利益在世界各處煽動顛覆。他認為世上所有的紛爭、戰亂，一定都有美國插手的痕跡。喬治．歐威爾不就說過，所有的戰爭宣傳，所有的叫囂、謊言和仇恨，都來自那些不上戰場的人！也許因為作協成員沒人涉及國際政治領域的書寫，也許作協就是個假面俱樂部，人人不敢說真話，他便可以穩妥地大談地緣政治裡誰是好人，誰是壞人。王旭全知道伊拉克什麼地方已有油井，什麼地方仍可開採？他知道哪個城鎮是遜尼派穆斯林的原鄉，哪些地區屬於什葉派的勢力範圍？恐怖主義者有什麼計畫及日程？這些人操控了伊拉克哪些油田？曾經有過以及現在正有哪些國家參與開採？徐總打算個人投資，還是從中插股？一個不明不白，一個似懂非懂。不知道徐總怎麼問，王旭全怎麼答。我只聽到王旭全興奮地對我說，這次要狠狠賺他一筆！

遠古時期，在兩河流域一帶生活的男人亞伯拉，聽從他的神的指示，改名為亞伯拉罕。他離開富足的家園，跋涉千里，一路辛苦地到達地中海旁的迦南地區，完成旨意。他就是猶太、基督以及伊斯蘭三大宗教的共同原祖。亞伯拉在希伯來原文是av-ra，神將亞伯拉的名字改成亞伯拉罕av-ra-ham。h字是上主的意思，a-m是人民。Avraham就是亞伯拉罕的子孫都會是上主的子民。中文沒有其中的幾個音，只能譯成了個四不像。在莊園時，我曾和茱莉提到這個困境。茱莉只是聳聳肩，笑了笑。畢竟西方文字互譯有著自己的優勢。《舊約》經文來自不同的底本，而且一旦有人寫了，就不可再改。所以猶太人對上主的稱呼大概有五、六種吧。喔，對不起，思諾，你一定覺得無聊吧？我只是太愛文字了，只能一骨碌地停不了。

柏林市區佩加蒙博物館裡，重要的展示物是古時巴比倫內城中的伊斯塔城門複製品。十四公尺高，三十公尺寬，以深沉藍色琉璃瓦為底的城門上，排列著獅、馬以及似龍非龍的黃色動物淺浮雕。城門的精妙絕美引發人們想像，兩千多年前眾多子民豎立在尼布甲尼撒王前高聲放歌的情景。二十世紀六十年代標示著石油的紀元，一旦黑金成了戰略物資，豐饒的兩河流域只能讓位給轟隆隆龐大油罐車萬千次在黃土揚飛中咆嘯奔騰。伊拉克人曾自豪地說，只要兩手隨意在土壤上挖挖就會冒出石油，這片似乎受了石油詛咒的大地也就翻轉成各方覬覦的險境。多少歷史更迭，曾經奉行天主旨意而有了如同滿天繁星子孫的亞伯拉罕，文功、武功都耀眼顯赫的巴比倫尼布甲尼撒君王，以及數不盡發生在幼發拉底河與底格里斯河富饒土地上的日起日落，現在竟然成了王旭全和徐總經理兩人挖油賺錢的談話焦點。你能想像嗎？思諾。

我喜歡在平房裡，從書桌踱步到對面的竹沙發，從竹沙發斜走到書櫃，從書櫃直走到大門，再從大門斜走回書桌。有時候我會轉入廚房，有時候我會轉入浴室或其他空著的房間。我不無聊，只是想和依第談談。遇到令人發怒的事情時，我會放大聲量，說得急切，否則我總是耐心地把事情講清楚。我練習舞台劇嗎？當然不是。我只想和依第談談。

我似乎看到依第側身坐在書桌前的竹椅上。她擱在椅背上的雙臂正好是舒適的枕頭，她高梳的長髮斜向一邊。她微笑地看著我，很有興致地傾聽。我一邊踱著步子，一邊告訴依第，那次我到柏林參加國際筆會年會的經過。

晚春的西歐天氣微涼，花正盛開。多年前，我搭機赴柏林。長途飛行總是令人疲乏，下機後在行李轉盤前等待正是對耐心的試煉。出了機場，我登上一部計程車直奔下榻的飯店。司機大概習慣和乘客聊天，他問了我的來處以及到柏林的目的之後，便開始介紹沿途路街和建築的故事。就在車子轉到一條筆直的通衢時，司機指著左前方不遠的一棟建築物，大約四、五層樓高。那就是原本柏林圍牆通過的地方。你的意思是，過了那棟樓直走就是以前的東德？是的，再過去就是東德。現在完全看不出來。是的，完全看不到痕跡了……。我就這麼和司機一路閒聊著。

那是一條寬闊美麗的大路，左右各有兩線道。中島上是一簇簇繽紛的花朵，路旁穿插著樓舍與高樹。我的旅行疲累全由暢快和賞心替換了。司機接著告訴我，統一後西德花費無數資金幫忙建設東德。多少年過去了，東德人仍殘留吃福利的心態，但願再過一個世代，東西德能真正融合。這是德國國內一位計程車司機先生的意見。國際上看東西德合併又是另一種角度，另一回事了。下車時，我多給了司機十塊錢歐元，當成是他小小導覽的酬勞。司機很開心，殷勤地幫我卸下行李。

報到處就在旅館的一個會議廳裡。工作人員低頭忙碌，白布桌上放著一疊疊的議程表以及各種演講活動的地址與位置圖。報到後，每人胸前都垂掛有一小張姓名牌子。不同國家的人來來往往，有的相見歡，有的小聲交談。我碰上了幾年不見的文友，他們為我介紹幾位只看過名字卻未曾謀面的作家。人人交換名片，有些甚至帶了書來分贈一番。我自己什麼都沒帶。書重，會增加行李的負擔。名片就更沒意義了。場子繞上一圈就可以收獲一疊。到頭來，誰是誰根本不記得，還不是就隨手扔了。工商界的人收到名片，快速一瞥，立刻知道對方在自己之上、之下或對等。各自賺錢多少、有什麼投資、有多少資產，心裡大約有底。在國際筆會的場合就和金錢排名無關，而是尋求出版的機會，特別是其他語種的出版。只是大部份的人都沒意識到，如果要跨國出版，首先必須覓得適當的翻譯者，這事是不容易中的不容易。即使找到可以溝通的好翻譯，書也通過層層校稿終於印出來了，通路呢？其他語言的出版社願意為該國書市中的陌生作家，一路從原出版社購得版權、翻譯、校稿、封面設計、印刷、廣告以及上市的各種繁瑣聯絡工作與費用支出擔當風險嗎？所以人人盡可能勤交朋友，廣建人脈；心裡的盤算是，如果老天眷顧，恰巧碰上了機會；如果某個人剛好熟識某個出版社，也許可以託他介紹。一連串的如果、假使、碰巧、剛好、廣發名片、收集名人的姓名等等，正是企圖要應驗幸運就在轉角的私自預許。至於我，帶了多少名片，名片上又有著什麼頭銜？沒有，我沒有名片！我總認為有心和我認識的人，大可發個電郵給我的出版社詢問，不是嗎？當然，在會場上有人向我要名片時，我不會說出心裡真正的想法，只以忘了帶並道歉作為敷衍，否則就要顯得傲慢無比了。另外，我尤其害怕一些人，他們喜愛收集並且展示自己認識哪些有名望的人，更以做為他們的追隨者為榮。即使恰巧和某個名人同時上洗手間，他們也可以繪聲繪影，大說特說，自認為天作巧合，值得一提。

我曾讀過一篇文章，認為是絕好的譯文。後來才知道，那作者故意以英文語法書寫，有機會時，才能方便被翻譯，因為翻譯的人總會揀選比較容易的入手。當我得知這消息時，真是嚇壞了！對，嚇壞了！除了驚嚇之外，還能說什麼？咦，依第，妳說是無恥嗎？不，依第，不是無恥。我是這麼想的：人有表達的需要，更有對於和他人交流的饑渴。一旦在自己國家受到認同的人，也就是出了書的人，總希望能走上國際。只要這期望能夠實現，表達、交流、認同又會在其他國家再次循環，那些作者也就達到他們的人生高峰。書寫只是其中一種形式，廣義的美術、音樂以及許許多多其他不同的領域，也就是人類所有的活動，不都是循著這軌道進行？我的假設是，如果人們只停留在以彼此認同為最高準則，人間就應該存在和平與協作的可能。然而現實不喜歡我的假設。人類的終極目標是超越與登頂，比賽和競爭於是雙雙比翼出現。競爭導致廝殺，比賽不容許兩強並存，奧林匹克運動會零點零一秒的差距，不正是人類亟欲超越巔峰的最明顯表現。這一現象當然也存在於文學界，也才造就了前面所提的，華人作家蓄意以英文語法書寫，期望因此能比其他人更容易、更快速地讓翻譯的人好上手的行為。嘉許也好，唾棄也罷，這不就是人類的一種？

妳仍然認為那人無恥嗎？依第。唉，我只能假想她贊成我的說明。對吧？思諾。還有，就在筆會會場，我去洗手間之前，把別人送的五本書放在走廊的窗台上。在洗手間裡，我沒碰到任何慕名已久並打算追隨的人，我只能自嘲是運氣不好吧。回到走廊時，原先放置的書全不見了！其中包括捷克和瑞典朋友譯成英文的作品。

和德國總理見面那天，風大，雲層飄得挺快。經過安全檢查，人們魚貫走進德國權力中心大樓。這棟有著超拔屋頂的巨大建築酷似一座現代美術館，宏偉又氣派。一整排的玻璃帷幕透進和煦的陽光。人們細聲地說著話。我注意到，有一個人英挺地站在記者席旁，目光左右來回掃視全場。不遠處定立著另外兩個人。一人直盯著記者席，另一人則不轉睛地望向記者席對面，那寬廣多層階梯上約一百多名穿戴整齊的人們。這三個人全皺著眉，神情緊張，他們一定是執行安全任務的特種人員。記者席與階梯之間的中央場子裡有十多人站成一排，原來是即將和當時德國女總理一一握手的名人隊伍，其中包括國際筆會總會長以及德國筆會會長。誰先致辭，之後由誰接替，次序與位階的輕重大小都有規則可循。國際峰會上的各國政要大合照之前，上照的人必須先在拍照處的地板上找到自己的姓名標示之後才站上。名牌的標貼是有講究的，必須隨著局勢以及國與國之間的遠近親疏正確標示才行。理所當然，沒有人會把美國和伊朗的代表人物排在一起。

在國會大廈的官方拜會之後，活動轉移到希爾頓會議大廳。廳內座位席中間早已插站了數架攝影機，各種語言的同步翻譯員也穩坐在隔音小間，舞台前有五、六個人待命，整個會場忙中有序。第一位進場人物是一九九九年德國諾貝爾文學獎得主葛拉斯。他一出現，鎂光燈立即閃爍不停。第二位則是德國聯邦總統，而觀眾席上世界各地的文字工作者，並不需要如同出席華盛頓白宮記者會那樣全體起立致敬。葛拉斯佝僂著細唸講稿。他的聲音鏗鏘有力。當時我拿到了演講的全文並且譯了出來，你也想知道吧？思諾。我現在就從電腦檔案裡找出來，唸給你聽其中一小段。

葛拉斯說：

我們的時代，以帶著奇巧詭計與張力節節升高的影片自娛。螢幕上不止息地佈滿成群結隊英雄豪傑的戰爭景況。……我們作家是事後引爆的雷管，即使以文學先鋒自居，仍要理所當然地、永不疲累地跟蹌追逐一件件的事端。那些已發生或正發生的，那些對殘暴的瘋狂發揮，無法在我們眼前逃遁。歷史學家註銷的賬冊，卻是寫作者的恆久與彌新。……作家是盜屍者，依靠從屍體上偷取而來的瑣碎維生，在戰後頹鏞的殘骸中渡日。我們在蓋滿過多建築物的廝殺戰場與瓦礫碎片裡尋覓棲身之地，卻找著了遺留下來的制服鈕釦，以及奇蹟般完好如初的賽璐珞娃娃。

接著德國筆會會長在致辭中談到：

與會的作家們均簽署了國際筆會憲章，有義務在任何時間、任何地點挺身護衛言論自由，並反對任何形式的種族、階級與民族仇恨。……我們不僅思考難題，更是齊聚柏林，共同歡慶一個跨越種種界限的文學佳宴。希望透過引人興趣、繽紛多彩的文學節目……示範性地明確指出，只要能探討他國的文學與文化，對於個人會是多麼豐碩的收獲……。

創立於一九二一年的國際筆會以提倡文學與維護言論自由為兩大宗旨，所以大會的各種安排便以文學與言論表達自由為主軸向外延伸。希爾頓飯店的各個廳堂有著作家介紹作家，以及被介紹的作家朗誦自己作品的節目。而那個多風下雨的晚上，從八時至凌晨一時是個在文藝學術中心，也向全體柏林市民開放的文學長夜。由文字辭語串聯的夜晚在大提琴獨奏聲中緩緩開展。以墨黑為底色的舞台上，除了高懸的幾盞小燈之外，只有主持人與中間朗讀者座位上的檯燈，照亮那杯清澈的白水。作家以母語誦讀自己的作品，聽眾手持成冊的譯文屏息聆聽。文學讓人謙遜，自由要求清醒。失去自由的文學猶如涸死在田裡的麥仔，而缺少文學的自由必然成了斷線的風筝。隸屬總會的各個委員會便是文學與自由表達相互結合的綜效發揮。

國際筆會設置了不同的委員會。獄中作家委員會每年總要針對將作家與記者拘留、判刑、關押的政府，做出譴責的決議並透過聯合國科教文組織施加壓力，期望因說真話而獲罪的無辜者能夠得到釋放。婦女作家委員會設法支持因寫作而不甘心被家庭捆綁、而必須走出家門的女性作家們。她們的身份並不低賤，生命也不比他人便宜，卻遭到傳統父權社會的排斥與欺壓。流亡作家委員會為因言獲罪而必須遠離家鄉的文字工作者，提供教學的機構與進修的機會。翻譯暨語言權利委員會協助非主流語言的作品能夠譯為主流語言或其他的非主流語言，並且對於設法保留因著遭受政治力量壓抑而導致文化斷層，或有失亡危機的少數民族語言提供支持；其中韃靼斯坦共和國的馬利語受到俄文排擠則是明顯的一例。作家和平委員會提供參與者在精神、文化與文學領域中辯論的主題，介紹遭到媒體封殺的作家，特別歡迎來自沒有言論自由或受到任何暴力形式箝制的文字工作者，並且針對妨礙作家認知與屈迫良心的關鍵問題，提供對話場域。比如，讓前南斯拉夫各國的與會者交換意見、讓車臣作家提出證言，並認識馬雅知識份子力爭文化認同的努力。

我知道，思諾，這類訊息對你也許相當無趣。但是世界並不只是由媒體顯示的那些拼湊而成。正因為太多人不知道，所以我們才更應該關注，不是嗎？在莊園的晚餐桌旁，我發覺，當我談到這類議題時，依第會盯著我仔細聽。也只有在這種時候，我認為她是在意我的。

文學與政治彼此痛恨，卻又息息相關。筆會一百四十多個中心的年度聚集，我認為是另種形態的資源平均分配。發展中國家衰弱得無法貫徹律法，它們的人民只得向外尋求協助。

已開發國家則以實際行動支持貧弱民族的精神獨立與言論自由。在質疑國際筆會是以歐洲為中心，由白人世界主導的同時，人們不得不承認，政教分離、市場機制、法治政體的民主社會特徵，是造成西方引以為傲也備受許多弱國嚮往的有利條件。如同突尼西亞的代表所說：「民主國家應該保住已有的自由，以鼓勵我們能夠不斷寫作」。

大約就是上面這些了，思諾。我還記得，柏林市長在開幕酒會上說得明白：「民主既不理所當然，更不主動長存，我們必須竭力讓它活著，因為民主隨時可以遭受破壞與終結。」我一向認為，戰爭結束後，文學便上場。士兵的死亡與退位正是對文學的筵請和召喚。文字的療傷功能與批判機制普遍而深廣。燒書其實是燒人，只要一人不死，文學必定長存。

葛拉斯本人也許是德國文學天空中最明亮的那顆星，或曾經是。別人對他不同的評價不在他的書寫本身，而是他的行事作為。葛拉斯支持過社會民主黨，是老一輩的左翼知識份子。他批評美國以反恐之名，在關塔那摩非法羈押許多已經確認的或只是有嫌疑的恐怖份子，但葛拉斯自己並沒提出可行的替代辦法或解決方案。恐怖份子的行徑之一是，毫無預警地殘殺無辜的人，而且死得越多越好。他們出於仇恨的手法殘酷到令人無法忍受。美國政府的作為，有著必要的急迫性；不但要對九一一恐怖襲擊美國本土的史無前例事件做出解釋與回應，更要保護自己的民眾不再受到攻擊，而全世界也正等著看美國如何善後。那樣的巨大壓力，歷史上大概不容易找到相似的例子。葛拉斯和其他許多批評者究竟能夠對事件有多少了解，是第一個必須問明白的。他們站在事件的外圍，安全地，對於和他們自己無關痛癢也不會造成傷害的事件信口批判，最後再以道德的石塊丟向遭到批評的對象。作家當然有自己的政治立場與道德判斷，但是在把它們表現出來之前，最好先三思、甚至五思。真正可以對政治下結論的是歷史，作家應該要有所貢獻，卻不可以是主體。歷史看到的面向要比作家看到的，多太多。而道德的石塊應向誰丟砸，更不是作家的工作。就連耶穌都不做批判而只是救贖時，作家有什麼立場定下絕對的結論？耶穌不是先把自己放在一個安全處所，才苦口婆心勸勉世人。相反地，他衝撞牢不可破的僵固體制，以無可辯駁的例證和話語讓當局不堪，最後遭受極大冤屈地慘死在十字架上。他的死不是罪有應得，而是無辜地背負世人的錯誤與罪過而死。人在犯下過錯時，往往立即撇清自己和錯誤之間有任何瓜葛，耶穌偏偏把人的不負責任，全部攬在自己身上，代替世人受苦，為的是讓人能因悔悟而找回自己的良心，也就是回歸天主。這事太過令我震驚！

葛拉斯成名於他的半自傳小說《錫鼓》。他譴責納粹，為社會的不公而吶喊，被喻為是德國的良心。二戰後的德國社會亟力應對過去的不堪，也就是劍指複雜而痛苦的歷史做一清算，集體對納粹德國深刻反省。葛拉斯以他傑出的文筆、精湛的言辭、動人的話語，引領許多願意大聲說出「永遠不再犯同一錯誤」而得以佔據道德高地的人們。直到高齡，葛拉斯才說出他曾參加黨衛軍。加入不到一年他就因受傷而住進醫院，四個月後二戰結束。直到那時，十七、八歲的葛拉斯仍然認為德國是正確的。如果歷史能夠重來，如果他沒受傷，二戰也沒結束呢？他不就要為第三帝國繼續效命，而虐待或屠殺猶太人？是歷史轉折救了葛拉斯。歷史轉折不但讓他免於雙手染血，更讓他有了得到諾貝爾文學獎的人生機會！

一定有人認為，在當時每一顆空氣微粒子都充滿了戰鬥火藥味，高漲的民族主義氛圍充斥整個德國，就連平常人見面問候都要行特有的舉手禮，以及跟著做不會錯的，單一而絕對的看待世事方式的情況下，葛拉斯以第三帝國為榮，並不難理解。從加入德意志少年團、希特勒青年團開始訓練起，看到的、聽見的、閱讀的、談論的，全是雅利安人的榮光，全是希特勒就要為德國、為歐洲制定新秩序的宏大藍圖。這麼巨大力度的洗腦，有人能躲得過？有人能自外於這一普遍法則的驅策？有的！漢斯．蕭爾和索菲．蕭爾兩兄妹，就是聆聽另一種聲音並做出不同決定的人。

對了，我突然想到，我曾經在教會雜誌的專欄裡寫過他們。你允許我從電腦檔案中找出片段來唸給你聽嗎？思諾。

請你唸吧。

「我在這個無意義的時代裡受苦，那廢棄軌道的盡頭永遠給人荒蕪的感覺，是無盡的空虛……有一天，解決的方法竟是從天而降，我聽到上主的名，聽到祂的聲音……日子一天天光明起來，我於是恍然大悟。我祈禱，感覺到背後的支持，看到確定的目標。就在今年，基督為我重生。」

提起二次大戰的歐洲，世人大都聯想到納粹對鄰邦及猶太人的蹂躪，卻忽略了，德國境內，除了昧著良心或出於懦弱而主動、被動支持希特勒企圖實現稱霸歐洲野心的知識份子外，另有一些身體裡淌著溫暖的血，眼睛裡閃著光輝的淚，為喚醒德意志魂魄而慘遭蓋世太保圍剿殺害的德國人。

漢斯與索菲・蕭爾便是這般的血性青年。

這對兄妹一九四三年二月十八日在大學裡散發反對希特勒政權的傳單，四天後便送上了斷頭台；同一天被處死的是另一名青年克里斯多福・波羅斯特。此後，「白玫瑰」成員陸續犧牲，留下的是一個幾乎被人遺忘的時代悲劇。

漢斯・蕭爾是慕尼黑大學醫學院的學生，索菲攻讀生物與哲學。他們從法國詩人、哲學家、神學家的作品中加深了原本的信仰，認識了活生生的基督。他們和與希特勒政權持反對立場的教授、出版者來往，思想得到啟發進而付諸行動。他們認為「在這顛狂的年代裡，一定要有一個從基督徒來的標記，難道要等戰爭結束時兩手空空地面對『你們做了什麼？』這個問題？」這便是小小組織「白玫瑰」的緣起。

白玫瑰們深信，自己對整個國家負有責任，也因此「要以基督信仰及歐洲文化為基石，各盡其力，消除苦難、抗拒法西斯主義以及每個與其相似的國家體系」。他們一開始便對自身危險的處境心知肚明，然而，忠於真理與護衛自由的熱忱趨使他們不斷激勵人們的勇氣並號召起義。

「如果這種氣氛在空間裡游動，如果全國都站了起來，如果許多人同心協力，便能以最後猛力的一擊擺脫這個政權。一個恐怖的結果，要比沒有結果的恐怖要來得好。」

漢斯曾在日記中寫道：「巴斯卡說：『人生而思考……』自詡於代表精神自由的你啊，當自問，在這令人絕望的時刻，為何仍舊服侍著野蠻的意識形態……你的靈魂枯竭，因你不聽它的呼喚；你只思考如何使機關槍盡善盡美，而『為什麼？往何處去？』的人生赤裸問題卻被年輕的傲嘯所掩蓋……」。與漢斯一樣的青年，反抗納粹政權的最深層理由是出於良知以及對天主的忠誠，經過數年的歷練，他們的信仰更加成熟。與漢斯兄妹同一天喪命的克里斯多福原本生長在一個缺乏信仰的家庭，卻在死囚房裡領洗。他在給母親的絕筆信中寫道：「感謝妳賜給我生命，我所走的是通往天主的唯一道路。現在我先行一步，以準備將來歡欣地迎接你們。」

這些昂首迎向死亡的青年，靠著家人對他們豐盈的愛以及不斷的祈禱渡過在獄中憂寂的幾天。「除了錐心的痛楚，我們是那麼地富有。我們擁有世上價值最高的、忠誠地與人同甘苦的靈魂。我們在祈禱中合一，其間蘊藏的巨大力量是最珍貴的安慰，否則怎能抵擋有如滔天巨浪向我們襲來的呻吟與詛咒？」

赴斷頭台前，玫瑰們相約：幾分鐘後，我們再相會。

「不要把你們的懦弱隱藏在聰慧的外衣底下。日子一天天過去，你們仍舊遲疑，仍舊不反抗地獄裡的惡魔，你們罪過的增長便要如同拋物線一般，愈來愈高。」

所有極權體制對人群輕浮的操控是人類史上最陰鬱的章節。這種玩弄，使人放棄自己更好的洞察、違反良心的催促、懦弱地接納錯誤的指令，並跟著多數盲動。白玫瑰青年堅持自己更好的洞察與良心的催促，然而，拒絕盲從多數的抉擇注定要與寒冷和孤寂相遇。卡爾・阿爾特神父曾在獄中陪伴漢斯兄妹渡過最後幾個鐘頭。事先他懷疑自己，如何能在極短時間內為面對如此可怕遭遇的靈魂做好準備？有哪些字句能夠確切配合將要踏上死亡之途年輕生命的心情？進了囚房，彼此握手致意之後，神父的不安竟然被漢斯的從容撫平。他要求神父誦唸兩段經文：《聖詠》第九十篇及《格林多前書》第十三章。當神父唸到：「愛是含忍的，愛是慈祥的……不圖謀惡事，不以不義為樂……」時，他開門見山地問漢斯，是否對當局了無怨恨。神父所得到毫不遲疑的堅定答案是：「當然，不能以惡向惡報仇，否則痛苦無法解除。」年僅二十四歲的漢斯如何明瞭，愛與寬恕正是抗拒死亡、迎向永生的唯一妙方？

「我們不沉默，我們使你們良心不安，白玫瑰讓你們不得安寧……如果這一災

難是我們的救贖，我們便可透過痛苦來洗滌靈魂，在最黑的深夜看到曙光。振作起來吧，將世界加諸於肩頭上的重軛一舉甩下。」

行刑當天早晨，二十一歲的索菲在審判庭上無畏地對著一干「為邪惡作證」的懦夫說道：「我們所寫、所說的，其實也是你們心裡所想的，只是你們沒勇氣說出口而已。」索菲的控訴是那麼真實，竟未遭到駁斥。她向神父表示，究竟她將被斷頭或受絞，都無所謂。她不掉一滴眼淚地領聖體，直到時間來到，只說了「這會掀起滔天巨浪」，便直挺地、不眨一眼地跟著獄卒走出囚牢。

漢斯給父母的絕別信上寫著：「摯愛的爸媽，現在我既堅強又寧靜，神父在妹妹那兒，等會兒我會領聖體，然後帶著榮福死去。我請神父唸了《聖詠》第九十篇。感謝你們給我如許豐富的生命。天主和我們同在。心存感激的兒子向你們最後一次問安。」領完聖體後，他繼續寫道：「現在都已就緒，我又聽了一次《格林多前書》：『我若能說人間的語言和能說天使的語言，但我若沒有愛，我就成了個發聲的鑼，或發響的鈸。』這段話應當有助於你們明白我的心意。」

漢斯在把他的頭放在台砧上的前一刻高喊：「自由萬歲」。聲音響徹牢房。

這就是這對兄妹的死亡。基於對同胞的愛，基於推翻極權的使命，以基督福音寫傳單、散發傳單的行動，卻換來身首異處的結局！他們從容就義十二年之後，妹妹瑛格・蕭爾整理出版了白玫瑰傳單上的文字。半個世紀後的一九九三年，除了增加其他見證人的語錄再版《白玫瑰》一書之外，尚有一本《株連監禁》。依照納粹當時「家庭要對叛徒負責」的法令，在一天內痛失兩名親人的慘況下，漢斯的父母及另兩名妹妹亦被捕入獄。由於漢斯的父親被允許在獄中繼續會計的工作，妹妹得以偷偷將信件夾帶出去，而成就了這本詳述這一家庭如何從天主獲得力量，走過劇慟歷程的著作。

妹妹瑛格在書中寫著：「如果一個人為了煞住一部正從懸崖直滾而下的車子而將自己拋向它，是沒有意義的嗎？」

讀完了，思諾。你一定發現有幾小段和行文順序有些扞格吧。那些是白玫瑰傳單裡的文字，我把它們節錄下來，置入文本並且以括號加上說明，算是對於全然淒慘的清明小點綴吧。在至暗時刻總會亮起小小的幾盞明燈，這對兄妹和他們的朋友們就是明燈最好的詮釋。

我在為了寫這篇短文而閱讀史料時，不知道曾有多少次因太過感動而眼裡有淚，並且不斷自問，如果生逢其時，我會是白玫瑰的成員？我會有那麼驚人的膽識以及聖潔的靈魂？我越重複閱讀他們的言論與作為，越知道答案是否定的。我不過是地裡一條怕死的蟲，只懂得時刻鑽營罷了。我和人之間，正如我的車和別人的車之間，只求避開衝撞的危險，哪來的勇氣與肝膽能夠直擊整個國家、社會所崇尚的絕對正確呢？我不過是個卑微的弱者與懦夫。

為什麼德國人在獲悉葛拉斯曾經是黨衛軍的一員時，會變得那麼忿怒？他們認為自己上了當，錯把騙子當偶像來崇拜。原本他們賴以贖罪的象徵，竟然是罪惡的本身。這突如其來的衝擊，多麼難以接受！然而，葛拉斯畢竟是諾貝爾文學獎得主，生前有著無盡的榮耀，媒體節目也欣喜有他的參與。他在什麼時候，在什麼地方，說了什麼話，第二天的各大媒體也就繪聲繪影，大書特書。在葛拉斯去世前幾年，他突然以詩的形式發表他對以色列的看法。批評以色列威脅伊朗，也批評德國政府把可以攜帶核彈的潛艦賣給以色列。詩發表後他才透露，對於以色列的觀點他一直沒敢談，因為擔心讓人看成是反猶主義者。當然，批評以色列並不等於反猶。但是以他很可能透過閱讀，就可以對以色列和伊朗的關係發表意見，並譴責以色列，這樣的行徑可以是令人擔心的。他認為，以色列擁有核子武器，對於已經脆弱了的世界是一項威脅；並且以末日將臨的急迫口吻表示，現在必須說，明天或許已太遲。對他個人也許太遲，因為當時他年事已高。以全世界格局來看，事情並不一定正如同他的料想。他的發言完全以一己所見為出發點，這是人類的正常。但他因名聲響亮，甚至引發媒體、其他作家、文學評論者、政治人物以及歷史學者對他的讚揚或討伐。葛拉斯對國際上拖延已久的事務發出個人書房裡的觀點，並不恰當。以色列總理納坦雅胡忿怒地回應，他說，伊朗不承認納粹對猶太人的大屠殺，並企圖要把以色列從地圖上抹去。真正的威脅是伊朗，不是以色列。納坦雅胡更把葛拉斯列為不受歡迎人物，禁止他入境以色列。伊朗則讚揚，葛拉斯是戰後德國第一位著名知識份子以非常勇敢的方式攻擊以色列。

我讀過葛拉斯的詩作〈必須要說的話〉。首先，我個人不把那幾十行文字稱為詩，葛拉斯只是把要說的寫成長短不一的句子。當然也有德國的文學評論者認為是散文詩，或許他們是對的。詩中有一句「我打破沉默，因為西方的虛偽令我筋疲力盡」讓我有所警覺。這是典型的，作家以教師身份敬告或警告世人，什麼是對，什麼是錯的例子。海明威認為，作家的工作是了解，而非批評。名聲是陷阱、是圈套，一旦墜入，難以脫身。有名望的人往往以為自己什麼都懂，他們隨時隨地收集追隨者，對任何事情都有自以為是的真知灼見，這才真正讓我筋疲力盡。「對不起，我不懂」這句話其實是一座滿滿自信的堅實大山，但在某些名人眼中，這話卻好似一根帶刺的恥辱柱，他們的嘴一定不會發出這幾個字的音，因為深怕自己一旦釘上了柱子，便永遠下不來。人們需要的是敏銳分析以及指明可能的方向，而不是道德批判，因為在許多作家的正義當中，往往含有太多的自我。了解世界如何運轉總比從單一窗口望向世界，更為重要。

那麼，我可以說，人生可以選擇嗎？我可以說，人可以選擇活著領受諾貝爾獎，並且活到八十八歲；也可以選擇，堅守良知，在斷頭台上身首異處，而活到二十一或二十四歲嗎？

那次開會是在一個並不愉快的飯局結束的，思諾。不知道誰在柏林市區訂到一家相當體面的，有著大空間的中餐廳。魚缸、燈籠、裝在塑膠框裡的地攤字畫、一碰就倒的假玉屏風，甚至供有祖先牌位的小神龕等等，通常是在歐洲各大小城市裡中餐廳的標準擺設。我們所在的那餐廳，不但少了這些庸俗的必備標記，更是提供給我們一個大包廂，裡面的大圓桌可容得下至少十二人。陸續就座後，原本人人輕鬆地聊著，不知怎麼回事，隔著桌子對座的兩個男人突然吵了起來。聲音越來越大，情況也越發激烈。我私下掂量著，這兩人若是隔鄰而坐，恐怕就要打起來了。同桌較年輕的一位紐西蘭先生，一臉嚴肅，一動不動地坐著。他是漢學學者，有時幫筆會翻譯文件或文章。不知道這麼快速而吵鬧的漢語，他聽懂了多少？氣氛著實尷尬，坐我旁邊的蔡元明向我眨了眨眼，我們先後走出了包廂。

蔡元明是我的編輯，這麼多年下來，工作夥伴也就成了朋友。阿明問我，那兩人究竟吵些什麼。我也說不清楚。聽他們爭執的內容，大約是，香港英文筆會邀了香港中文筆會、紐西蘭筆會等等的，打算在香港開會，討論中國現代文學。劉認為，可趁這次國際年會廣邀其他友會參加。李則認為，既然是香港英文筆會提出，就應該先徵得他們的認可。一個主張把握機會，一個強調尊重程序，所以就吵起來了。阿明聳聳肩，也說不上話。我們相互同意的是，人心正是紛擾的起點。能不得罪人最好，但是否得罪人的標準何在？這次會議，我邀他一起來柏林走走。阿明更動了工作次序後，欣然和我遠走高飛，只是他遲了兩天才到達。上班的人總會遇上必須請假的時候，我也是託人代課才出得了門。

記得阿明有次告訴我，他曾受邀去一個小飯局。除了他之外，另兩位都是作家。一位姓董，一位姓張。阿明說，那是他從未去過的高級餐廳，隱身在一棟飯店高樓裡，必須先搭電梯到第十二層樓，再換乘另一部電梯到第十八層。餐廳面積廣闊，座位與座位之間的距離寬鬆到聽不見隔壁桌的談話。即便如此，張姓作家仍是訂了個包廂。服務小姐領著客人入座時，張向她致歉，說是第四個人臨時有事，不能出席。阿明納悶在心裡。服務小姐離開後，他開口問，不能來的是誰？不是原本說好，只有三人聚會嗎？張輕鬆地回說，沒第四個人，多出來的位子是讓他放置外套和包、袋用的。張有一個大背包和一個大肩包，裡面裝有他自己寫的書。「誰要，就送誰」張這麼說。我望著阿明，一臉疑惑。阿明慢慢解釋，現在的情況是，作者寫完後，交給出版社幫忙申請書號、校對、設計封面、印刷，一整個流程全由作者出資完成。出版社的收入來自作者本身，而不再是讀者買書後扣除成本的盈餘；也就是，出版社真正的客戶是寫書的人，而不是買書的人。這讓我想起，也是文學會議中的一幕。那是中場休息後，回座位時，人人發現自己的椅子上躺著一本厚厚的書。發書的是大夥口中的詩人楊鷹。這書裡，他寫了有關詩的文學理論，並引用自己的詩做為範例。他當場敘述查找理論依據的辛苦，以及他和別人的辯論所得。楊鷹說話清晰、節奏適中，很有說服力。十分鐘後，人人付款購買他的書。這正是蔡元明口中的，現在寫書的人必須自己賣書！過去，人們說作家是社會的良心，現在呢？現在的作家是賣書郎嗎？

我曾經讀過一位德國出版社編輯的自述。他的辦公室裡桌面、椅面、地面全堆滿不斷湧入的書稿。有個作者因擔心編輯可能一眼不看就把他辛苦寫出的稿子丟入垃圾桶，而特別附上一瓶好酒，希望編輯讀他書稿時能夠一邊小飲一邊仔細欣賞。也有人甚至在書稿中綁上鉛塊，目的不外是要以沉甸甸的重量引起編輯的注意。可以想見，寫作者尋求傳統出版的艱辛。然而編輯在層層堆疊的稿件中要找出適合出版社的路線、格調與宗旨，又能招來潛在讀者群的好作品，也絕非一般人想像中的容易。尋找是那麼樣地傷神，作家和出版社之間能夠找到彼此，是幸運中的幸運。好比婚姻，關係是否維持一時還是一世，並不只取決於有關係的雙方。有時候是作家變了，不再是和出版社當初合作時的同一個人。有時候是社會環境變了，開始合作時的作品風格已不再有固定市場。出版社必須先維持自己不倒，所以青睞其他與時俱進的作家便是生存法則，不見得有意願投給以不變應萬變的作家一顆顆苦澀的青果。不認為自己有柔軟身段的作家，只得重新開始在滿街霓虹的虛偽燦爛中，尋覓哪怕是沙漠中由幾片木板搭蓋而成的棲身之處。蔡元明對我的了解是正確的。他知道我刻意不和其他作家勾肩搭背。他不過問我已婚、未婚、是否有情婦、是否上嫖間，或者我是否也參加驕傲者的彩虹遊行。他更不催促我接受任何形式的訪談，因為他怕我脫口說出「讀者的品味決定了書店的排行榜」或者「人往往把自己內化成廣告奴隸」的話來；不但我自傷，恐怕也要傷了出版社。

有多少作家話一出口，事情就死了？因為他自我重複，一再重複的結果，事情不就讓他自己說扁、說死而不再新鮮可人了嗎？然而，自我重複是安全的，作家喜歡，因為那曾經證明無礙；讀者喜歡，因為作家為他建構的世界完好如初，尚未坍塌；研究文學的學者更加喜歡，因為他不需要辛苦地尋找新材料。知名作家偶爾有了書寫新形式，學者們便會自動雲集，轟頂褒揚為「極具創意的新結構」或「開創文學新歷史」，並且競相研究，恐落人後。同樣的新形式，如果是寂寂無名的作者運用上了，「結構混亂」就會是文學評論界送上的大禮，而且這作者還必須是夠幸運，意外地上了學者的研究桌。另外，學者最歡迎的是，能夠直接或間接聽聞傳言、軼事而有了自己的獨家私材。好比說，某個知名作家竟然是某個科學家的後代，所以作家的聲名就自動增加一暈上層社會的光芒，所以學者就可以在作家的文字堆中非常努力地挖扒，甚至炮製受到光芒照射的那些亮點，進而產生新的論述，帶動風潮，改變研究方向。媒體的文化版上就可看到炸雨般的宣傳，只要某一學者解構某一作家的作品，那位學者也就讓圈內人拱為研究某作家的權威；如此，學者、作家都可以因這新發現而獲利。可見得，探人隱私是一件多麼美好的事啊！

會議，年年有，甚至月月有。除了有人逼催，也恰巧在寒暑假舉行，或者能託人代課，我才答應出席。「你堅持不染頭髮？」、「啊，你人高，方便。不像我每次買了長褲，還要改短！」、「來來來，我介紹一下，這位是崇英大學國文系高主任，專門研究明清小說。」、「看到沒有，她還能保持不發胖。好厲害！」、「坐在左邊第二個位子的，是住在克拉克堡的會長。都幾十年了，他還是堅持以中文寫作。對於團結中華民族、發揚中華文化熱心得很！」等等，等等。我始終不明白，寫些花花草草、介紹名人軼事、描述愛恨肝腸，這些種種和團結民族、發揚文化之間究竟有什麼關聯。會見朋友，寒暄家常，都是美事。可惜，美事只發生在場面上。三兩人在一起時，說人閒語便開始在他們之間流竄。這時候，對話語的半聽與截取就會越來越旺盛，沒來頭的軼事增加便也越疊越高。不同的人聽進同一個句子，呈現在腦中的情景永遠千奇百樣。會議結束之後，往往會派生出一些自認為不容懷疑的精彩片段，對於可能廣泛傳播的聽說，或者將來在自己所寫文本中的鑲嵌資料，正好提供及時的餵養。寫作者之間彼此打探，誰認識哪個出版社的掌門人、誰知道哪個平台可以是自我發展的好所在、到底哪個學者願意研究我的作品，以便我能早早成名，等等的。我原先不懂，如此這般的文學會議究竟和文學有什麼關係。為什麼具有一定規模的聚會，不能像小社團的讀書會，選一本書，每人讀一段，見面時談談自己所讀的內容及心得；或是指定一位作家，每一個人選一本該作家的作品，讀了以後，準備好發言材料，赴會時開講。如此一來，團體中的每一個人不都各有所得？後來我才明白，文學會議和文學本身關係不大，除了學者們的研究報告，或提供出名作家更多展現自己的舞台之外，周邊事務的小小發生，以及暗地裡領導幹部的權力運作，才是這些會議的正經事。人人有事忙，其中又有多少戴著友愛的面具，心裡卻是暗藏比較、競爭與廝殺？唉，這些假面俱樂部啊。

我在那個非華人國家的華人作家會場中聽到最虛偽的說法是：「堅持以中文寫作！」如果什麼人有能力以所住國的語言寫作，何必堅持使用中文？如果這人能在所住國找到出版機會，何必要堅持使用中文？以自己的母語中文寫作是對的，是好的，是理所當然的。強調堅持兩字，其實是對當地語言無法隨心運用的掩蓋；也更因為，能夠在所住國找到發表的媒體已經是難上加難，要能受到當地嚴肅出版社的青睞，就不僅僅是痴人說夢了。為什麼沒人對「堅持以中文寫作」這樣的說法提出質疑？因為他們沒注意到其中的蹊蹺？因為他們不思考？啊，不！這是一個在細問之下令人難堪的問題，而我就是那個令人難堪的人。

我在審判嗎？我不是耶穌的好門徒嗎？我應該是在說氣話、在發牢騷、在批評而已吧，思諾。當我認為自己犯錯時，總會想像耶穌賞我一巴掌，又一巴掌！耶穌打得好。祂讓我害怕自己，也更害怕祂。

蔡元明遲了兩天到達柏林，卻提早一天離開。當然是因為工作的關係。我有代課老師，所以可以留久些。主要是到各個委員會旁聽，然後選定一個並加入。祕書長說了，會裡能操外語的人極少，但是國際筆會的幾個委員會我們總要有人出席才行。這就難了！行政是團體協作，一旦少了一個環節，整件事情往往就要停擺。我習慣一人作業，單獨行動。進度自己安排，錯誤獨自承擔。學校相對是個較單純的環境，就已經要奪去我一些心神，更何況是跨國作業。只要偏頗解讀或者只是漏看幾個字，就有可能耽誤整個計畫。祕書長的提議，我必須考慮。

回航班機上我有走道位置。斜斜地透過前排座位旁的窗子，可以看到一小部份的藍天。我雖然有些飛行經驗，上機前後總要反覆檢查，該做的都做了？該帶的都帶了？十多個小時的飛行，又有入眠的困難，當機長廣播要準備下降時，恍惚的心神隨之清朗起來。就在我盤算著下週的課時，飛機突然出現震動。擴音器立即傳來要乘客繫緊安全帶的廣播，接著是許多扣上帶子的聲音。大約過了一、兩分鐘，又來一次震動，這次規模大得多！我的整個身體讓一股隱形的巨大力量左拋右甩。有些孩子嚇哭得厲害。幾個女人尖叫的聲音更是加深驚恐的氛圍。乘客們本能地往窗外看去，只見天空一片晴朗！平時應該是舒坦人心的踏青天氣，現在和昏暗機艙內的緊張、騷動相比，時空錯置所帶給人的慌亂與無助真實而明顯。緊接著我感到自己被拉高，也瞬間膨脹了起來，然後又重重地往下撞，如同摔在一塊大岩石上。我的背與頭遭受從未有過的衝擊，前後連續兩次。我的第一個反應是，飛機下方應該是毫無一物的太空，哪來的大石塊？我準備好接受更多的拋撞，或是加速下墜，或是突然的大爆炸。我閉上眼睛，全身緊繃。我彷彿看到一個大火球，從座位走道的前方向我飛奔而來。接著一聲巨響，機身斷裂，最前排釘在牆上小床裡的嬰兒騰空而起。我鄰座的男人遭到氣旋腰斬，上半身不知已飛向何方。我和所有人一樣，身體四分五裂，肉塊、骨塊在晴空中四方飄散；撒下大海的是，許多人的憎恨和反悔，當然也有數不盡的歡欣與幸福……。過了許久，不知道神遊到了幾重天，我才發覺自己的雙眼緊閉，自己的雙手仍然緊緊地握住座位的扶手。

日常是無聊的，因為它不變。也因為沒有變化，所以生活是安全的。這是以人的正常生存狀態而言，也就是，沒有戰爭也沒有自然災難時，除了肉體與心靈的死亡個例，人和外界環境接觸而產生情緒上的波動與干擾，通常都在可接受的範圍。小傷小痛以及小情小愛也就成了無波也無浪的生活點綴。這是一個已經踏入老年門檻的男人，在生活上的一切應有盡有之後的感觸。而可以讓人輕易推翻這感觸的節點，當然太多太多。時常，我會因著學生成績不理想，或者想不出來怎麼接續手中的稿子而缺乏理想的睡眠。隔天起床時，又因著沒有夜半入侵的地震而心存感激。有時候我會一時興起，延長在學校的時間，故意捨棄平日的公共交通工具，步行一個多小時回家。這個和常規發生齟齬的例外，大約落在晚餐時段。路途上，不是減少了如同火車車廂連貫一體在街道上滑行的車輛，而是趕著赴約會的摩托車從巷子小路突然冒出的頻率增加了。夜晚的燈光直射而不晃蕩。我走過的路段兩旁，除了店家，沒有其他。偶爾有一、兩間拉下鐵門，走廊稍暗的房子，倒是特別引人多想一些。是倒閉了？房租調漲，無法繼續經營？還是出國躲債去了？要是女鞋店、女裝店恰巧毗鄰，各自播放的極大聲音樂也就吵成一團。把這些聲音說成是音樂，確實抬舉了。釋出噪音需要電力供應，音量太大令人精神緊張。這是要營造熱鬧氣氛嗎？已經座落在鬧區，還能怎麼熱鬧？火鍋店旁邊是機車修理店。修理店旁是小兒科門診。門診隔壁是手機行。手機行有個賣冷飲的鄰居。冷飲店再過去是眼鏡行。眼鏡行以後是麵包店。下個轉角就是超商。一切方便。一切無序。一切平凡。一切髒亂。一切都是提供人們發牢騷的小幸福。

在回家的路上，我會走過一處觀光夜市。卻不進去。因為裡面沒有我理著五分頭的年少過往，缺乏我陪著魏琳和女兒裳悅吃乾麵的現在，也找不到我可能要坐輪椅度日的未來。過去在小鎮的生活，我會在功課做完後，溜到市場去找媽媽。目的不是去陪她看顧水果攤子，而是向她要幾個零錢去撈魚。我的技術算是好的。在勺子上的紙溼破之前，總能撈到一、兩尾。很多小孩把勺子伸入水裡跟著魚兒轉，沒一下子紙就溼了、破了。我專找落單的魚，並且從牠的尾巴後面下手。只在我有八分把握時，才把勺子直插入水中，迅速撈起。我撈起一尾放生一尾。蹲得再久，老闆也不趕我。特別是天氣冷時，天暗得快。老闆一開燈泡，燈光下的魚兒們左彎右拐地游，煞是好看。時不時一、兩條跳出低矮的大腳桶，立刻引起孩子們的驚呼。有幾次，老闆把兩條小魚裝在透明的塑膠袋讓我提回家。我總會挑出那個好看的藍色大碗公裝魚。一天，最多兩天吧，魚兒便漂在水面上死去了。爸爸拿起大碗，一翻手，連魚帶水，整個撈魚故事就無聲無息地倒在布店前的小水溝裡了。後來搬到了城裡，夜市離住的地方太遠，撈魚的事情就不再屬於記憶。

我不知道，一個男人在晚間獨自行走會引起人們什麼想像。也許這人太過失意？也許他遭到拋棄？也或許他正思索著如何更好隱藏某個就快要被視破的祕密？對我，夜晚在城市裡行走是一件多麼神奇的事情。高興時，隨意走走；一旦遇到對步行不方便的設施，原本昂揚上天的心情就會立即被拉下而低落；要咒罵幾句嗎？倒是不必。難過時，站在騎樓下倚著柱子端視和自己無關的人群匆匆來去，可能就要被看成是變態了。但我心裡就偏愛想著，真希望人們的麻煩比我的更加棘手。很久以後我才明白，夜晚在城裡行走的奇妙就在於四周的吵鬧、人群的冷漠，以及我自己惡毒地詛咒別人沒有好日子過。

時常，我恨著和我有著同樣教職的老師們。不是因為他們虧待了我，或是對我不友善。我的恨是針對著他們的無聊人生、他們的日日重複而來。那些可憐的重複總是包裹著去一樣的麵包店、吃一樣的火鍋物料、穿相同款式的衣服、不停止地打聽房價、總是把在山林中往上行走稱為爬山、認為車子還可以再開兩年，所以不用急著換……。在我恨著他們的無聊與重複時，也一併恨著我自己，因為我正是和他們一樣地過著無聊而重複的生活。你也有這種小資產病症嗎？思諾。

我了無心緒地拐進魏琳和裳悅常逛的百貨公司。一進門，宜人的燈光通明。化妝品專櫃的小姐通常閒著，只有大幅照片上的美麗女人以一雙誘人的明眸對著我多情地述說。偶然看到一名年輕男人仰著頭讓小姐擦粉或拔眉毛時，我從心底升起一團迷霧，是性向的需要？是工作上的需要？還是心理驅迫的需要？我沒有答案。搭著手扶梯上到二樓。寬廣的樓層上密佈各種服裝品牌的門市。我倚在手扶梯旁的欄杆，對面正好是一家女裝店。記得有次被她們母女逼著陪逛街時，我就站在同樣的地方，看著她們在鏡子前試這件、試那件。有時長褲不夠短，有時上衣的肩部太過突出，或者遮陽帽的顏色不對、女衫上的圖樣看起來應該是睡衣才有。四十分鐘過去了，什麼都沒買。再換一家，再挑一次。又換一家，又挑一次。換到第三家，折騰一陣，再回到第一家，因為她們認為，也許剛剛看錯了、想錯了。糾正自己以後，仍然應該回來給第一家店機會。我看著她們的忙碌與興奮，卻覺得自己的人生平白少了一個晚上。

我在欄杆前站了一會兒，回憶了一下，無聊了許久，在別人覺得我奇怪甚至認為我有什麼企圖而通知保全之前，我靜靜地走了。

一個燠熱的週六午後，我突然接到管委會廖先生的電話，說是有事相託，約我在管理室談談。和這位廖先生我只有點頭之交，在電梯內、在電梯口或者在廊道上。說是管理室，不過是公寓大廈入口處的櫃台，以及旁邊的幾張桌子、幾張椅子。看起來和我年齡相仿的廖先生相當和氣親善。他穿著簡便的牛仔褲、T恤衫，顯得朝氣而俐落。我猜測，佈告欄上常有的一天旅遊，大概就是他和其他人組織的。廖先生託我的事很簡單，卻也相當出人意料。大樓住戶裡有位愛寫詩的王先生，他剛出版了一本詩集，有意在社區裡辦一場新書發表會，並且委託廖先生承辦。廖先生說，他自己是電工，這種文謅謅的事情不曾在社區裡發生過，他不知道如何著手，有些慌張。他說，我是英文老師，也是作家，對於這類事情應該熟悉。我從未理睬過住戶們的遊覽車一日遊，或者是佔據半條街的普渡大拜拜。為了表示和廖先生在非常時期有難同當，也就很快答應下來。但是為了活動並發佈消息而讀到王詩人的新書時，我才聽見自己在心裡的痛苦吶喊！我手上的新書當然是自費出版的。紙張的品質一般，封面設計也可以。摺頁上的介紹，有著王詩人的笑容照片以及關於他個人的簡述。原來王詩人在稅捐處工作，閒暇時養花，沉思時寫詩。他期許自己能以最淺顯的文字表達最溫暖的情懷，以及對大自然的愛。

那是個一定有許多星星卻看不到星星的週五晚上。我先和幾位管委會成員把乒乓球室的大桌子移到室外，從倉庫裡拿出有靠背的折疊椅填入屋內空間。原訂七點半，卻遲了十五分鐘開始。除了我們全家、廖先生和他太太，王詩人的家人、親友和同事也出席，勉強湊足了二十來人。廖先生介紹我和王詩人之後，由我誦唸王詩人動人的詩句並抒發感想。我唸得很慢，也說得很慢。並且應王詩人先前私下的要求，把幾首譯成英文的詩句也朗讀一番。次序是中詩、英詩與評論。最後開放問答時間。一位王詩人的同事表示，看不出平日在辦公室裡忙碌的王詩人，竟然有如此優雅的嗜好，令人感佩。管委會副主委上小學的女兒請王詩人為她的小白狗寫詩，王詩人笑得闔不攏嘴，並且立即答應了。廖先生說，王詩人住在我們社區裡，是我們的福份，讓我們感到光榮。到了簽書時間，出版社寄來的包裹早已妥妥地收放在牆角，人人可以自由拿取詩集。王詩人一本本仔細簽上了自己的名字，更要求一起照相留影。室外乒乓球桌上早就擺好了果汁、可樂和小零食。邊吃邊聊的話題是：去一趟大阪的費用是否漲了；社區裡第三棟五樓裡的一間四房兩廳賣了多少錢；隔壁社區又有人跳樓了，聽說還請了師父誦經，而且必須是男性師父才比較有力道，等等，等等。在這個詩的夜晚，只有我心裡想著詩。我心裡想著，如果一個句子拆成三行便是詩，這城市裡可以有多少個詩人？

我心目中的詩，不應該是這樣地貧瘠。現在我站在書架前了，思諾，就讓我隨意抽出一本詩集，隨意唸一段給你聽吧。

對了，這個如何：

What are the roots that clutch, what branches grow

Out of this stony rubbish? Son of man,
You cannot say, or guess, for you know only
A heap of broken images, where the sun beats,
And the dead tree gives no shelter, the cricket no relief,
And the dry stone no sound of water. Only
There is shadow under this red rock,
(Come in under the shadow of this red rock),
And I will show you something different from either
Your shadow at morning striding behind you
Or your shadow at evening rising to meet you;
I will show you fear in a handful of dust.

Frisch weht der Wind
Der Heimat zu
Mein Irisch Kind,
Wo weilest du?

最後四小行是德文，我快快譯一下：

清新的風吹著
吹向家鄉
我愛爾蘭的孩子
你在何處駐足？

美吧？聲韻、意象，無一不美！艾略特的〈荒原〉。我運氣好恰巧翻到這一頁。對我而言，艾略特的筆下精靈太難理解，也許那是因為他的詩充斥著洋人們自認為歷史文化瑰寶的片段，更也許是再怎麼多讀書，我依然是個文盲。

社區裡的王詩人是個快樂天使。他滿足自己，也帶給其他人不同於一般的社區活動，也就是，有那麼些奇特的，有那麼些所謂高品質的感受。這事美麗。不過，如果王詩人出現在一個文學團體中，會是災難？偏偏就有個王詩人第二是我所隸屬文學團體的成員。同樣地，王詩人第二也是個快樂天使。他永遠對自己笑咪咪地滿意。他的詩風也給人不同於讀好詩的感受。更好說，是「連這麼寫也可以稱為詩」的驚嚇。而這一驚嚇恰恰足以讓人人消聲，因為我們都是不願置人於尷尬境地的良善假面。

……你聽聽看，思諾，我唸一下會裡文集中王詩人第二的那一部份。也許你同意，也許不同意我的看法：

雨啊　雨啊　你為什麼滴落不停
落在原野
也　落在我家的草坪

車啊　車啊　你為什麼呼嘯不停
載著妹妹的憂傷
也　載著姊姊的歡樂

雨落在車上的時候
也是車載走憂傷與歡樂的時節

王詩人第二的以最樸素的文字寫出最溫暖情懷的表現手法，竟然大大感動了自外於集體消聲的張愛蓮。只要出了新詩集，或接受採訪，或和其他詩人舉辦朗頌會，王詩人第二必定忙不迭地以共同的電郵址通知或電話召告其他文友。在電郵上集體安靜的現象，其實是不約而同的默契，同住一城的我們也都突然有急事地不克參加詩人朗誦會。不過，張愛蓮必定是個例外。她會發揮相當好的國學底子，以浮誇虛漲的文字大加讚賞王詩人第二令其他人沮喪得哭笑不得的詩風。其實愛蓮有副好心腸，已經是八十二歲的人了，時間多得就要溢出掛鐘的邊緣。任何文友在任何文學網站刊出陽光花草旅遊文，愛蓮會讚美作者心有丘壑，能夠融入大自然也容得下大自然。什麼人寫了家中老黃狗久病不癒、痛苦消瘦，只好交給醫生施行安樂死；愛蓮就讚說，作者心中有大愛，以至於所飼養的狗也能遺愛人間。什麼人發文批評時政，愛蓮就認為，作者視角敏銳，有能力獨立思考，實屬難得。對於任何人，對於任何事情，張愛蓮都有話說，也都說漂亮話。於是她便也無休無止地忙著，忙著為任何作家寫介紹文、評論文。她的所有產出就是一系列的和諧、讚頌與無盡的浮誇。人人喜歡她，她也愛人人。人人都知道她的假面，人人也都自有一張假面。

和葛拉斯一樣，艾略特也是諾貝爾文學獎得主。提起他們，也許是基於不請自來的某種熟悉感吧。我曾經和一個文學團體去過宣佈文學獎得主的瑞典學院所在地。那是斯德哥爾摩老城島一棟兩百多年的古老建築。從正門進入，右手邊是介紹諾貝爾生平的小型博物館，左邊是簡易而隨性的咖啡廳。這咖啡廳的座椅有玄機。把椅子倒過來，底框上往往刻有得獎人的姓名，紀念他們來過這裡，坐過這把椅子。二樓的木製老地板，有幾處走起來會發出嘎吱的聲音。廊上兩旁有許多房間，門全關著，應該都是院士們和工作人員的辦公室吧。宣佈得獎者的房間看起來奇特，它很長，天花板和牆壁上仍裝有古典水晶吊燈。略高的講台設置在靠窗那一長段的中間，一排排深藍色長沙發椅圍著講台三面，講台的背後是一尊象牙色的雕像，沐浴在透過長窗照射進來的天光中。整座廳堂靜謐而幽深。

莎拉．丹尼爾斯是瑞典學院第一位女性常務祕書。她個子相當高，眼睛非常大，臉部表情嚴肅到令人懷疑她是否有時也會發笑。在她宣佈美國搖滾歌手鮑伯．迪倫得獎前，攝影記者的閃光燈就已對著她亮個不停。當她以瑞典語、英語、法語和德語宣佈得獎人姓名時，塞滿整個廳堂的一般民眾，只有少數人拍手歡呼，大部份人不是面面相覷，就是一臉錯愕。正如許多文學獎候選人，迪倫在名單上也已有好些年了。在宣佈得獎人之前，院士們都要經過開會、辯論，才能做最後決定。哪位院士屬意哪位作家，就要看那位院士如何說服其他評判者。瑞典學院給出迪倫的得獎原因是「在偉大的美國歌曲傳統中，創造出全新的詩意表達」。

對於我們這一代，迪倫的歌真是再熟悉不過了。他一邊彈吉他一邊吹口琴的身影飄揚在當時許多年輕人的腦海中，可惜我們只學了一半，雖然幾乎人手一把吉他，也努力學唱喜歡的歌曲，但是口琴並不流行，更別說唱歌、彈吉他、吹口琴融合一起的絕招。而且美國那麼遙遠，美國人是另個種族，他們的先進、他們的好，似乎是理所當然。同學之間沒有人問，為什麼他們能，我們不能。這就是安穩又繁忙學習生活裡的必然現象。只要已經是了的，就沒有再不是的必要。這，就是平庸的開始。

迪倫並沒親自參加在音樂廳舉行的頒獎典禮，而是寫了封公開信。信中略述他的生平。他年少時認為，只要可以出唱片，自己的歌能在收音機中播放，就已經是巨大的成就，就是最大的大獎。迪倫感激他的歌能進入不同的文化，並且受到珍惜。最後他表示，從未自問，他的歌是不是文學。他感謝學院思考了這個問題，並且提供了美好的答案。

幾年後，瑞典學院因遭到所資助藝文沙龍的性醜聞波及，而導致部分終身職院士改選，甚至停掉那一年頒發文學獎，讓全世界驚愕不已。事情是，卡塔琳娜．弗羅斯滕松是著名的瑞典詩人，也是瑞典學院十八院士之一，她的丈夫是法國籍的攝影師讓—克洛德．阿爾諾。他們兩人共同主持斯德哥爾摩享負盛名的藝文沙龍。通常在一個富裕的西方社會裡，文化地位等於社會地位，文化位階的高低，標示著身份地位的高低。這對夫婦主持的沙龍引領風騷，文學朗讀、學術講演、舞蹈表演、爵士或古典音樂演奏是主要的活動內容，也是高級文化人聚集的指標性場域。沙龍的營運靠捐款維持，瑞典學院也挹注部分資金。自詡為瑞典學院第十九名院士的阿爾諾是個表達露骨、喜歡女人的藝文界名人，而他的妻子是十八院士之一更添加他頭上光環的亮度。二十世紀九十年代已有他對女人性騷擾的傳聞，後來因為權勢性侵發展成國際議題，受到阿爾諾侵犯的女人透過一位女記者的訪談與鼓勵，公開過往，才讓社會大眾知道傳聞中的部份具體情況。阿爾諾對女人的碰觸、撫摸甚至可以在大庭廣眾之下進行，衣香繽影的女士們太過高貴矜持，她們不是「無意間瞥見」，就是轉過頭去，假裝沒看見。有些院士們的女眷或女性親戚也曾遭遇阿爾諾的輕薄。女作家愛麗絲．卡爾松就指出，阿爾諾曾暗示，她應該要對他感興趣，因為他可以幫助她開展事業。當卡爾松不回應時，阿爾諾竟然問「妳知不知道我是誰！」如此的驕橫可不可以是這文化人的罪無可赦？像阿爾諾這類的禽獸在任何國家的任何行業裡都存在，女人一定要懂得自保才行。事情不僅如此，阿爾諾甚至在屬於瑞典學院的寓所裡性侵或強暴女人。他根本把學院的公共財產看成是自己的私人寓所。我讀過法院裡，被害人對於阿爾諾怎麼對她們施暴的細節，實在令人作嘔！諾貝爾基金會對於因著瑞典學院資助阿爾諾的沙龍，而讓基金會間接蒙羞，非常憤怒，立即指示學院必須把這件事情「清潔乾淨」，否則就要凍結資金。想想，沒有資金就沒有文學獎。這事嚴重！

性侵醜聞雖然和瑞典學院沒有直接關係，但是其中一位院士的丈夫是醜聞的主要人物，他更利用學院對他的信任犯案，這就牽涉到管理問題。身為常務祕書的丹尼爾斯負有一定的責任，她也就被迫辭去院士的職位。我無意間在新聞中瞥見又高又瘦的丹尼爾斯讓記者們圍成一圈的照片，非常驚訝，她似乎在回答什麼或解釋什麼。難以想像她怎麼面對瑞典學院如此不堪的世紀大醜聞。不久後，她就因乳癌去世。她的癌細胞生成，和這次重大刺激相關？

我回想，莎拉．丹尼爾斯為我們講解諾貝爾文學獎得主的選拔機制之後，是一小段點心時間。那時，我私下問她，很多人的疑慮是，院士們如何避免選出，雖有文學造詣但缺乏一般人要求的，既維護人權又有道德修養的文學獎得主。丹尼爾斯則反問，院士們收到許多來自全世界的推薦，更是閱讀許多不同語言的書籍。他們如何知道所閱讀書本的作者到底是什麼樣的人？我了解也贊成丹尼爾斯的立場與說法。但是讀者有另一套要求。諾貝爾獎的候選人在自己國家通常已經有很高的知名度。一旦成了公眾人物，就對社會負有一定的責任，因為公眾人物有影響力。諾貝爾獎得主有至高的榮譽，成了典範，所以讀者對他的要求更高，理由應該是出於許多人所公認的，作家是社會的良心。然而，社會良心的說法，其實是來自讀者自己的錯誤想像。我認為，讀者對於正義與美的訴求只是一種投射，和作品相關，和作家本人無關。那麼不具備正義與美品質的作家能夠寫出包含正義與美的作品？當然可以！文學是虛假的真實，是一種拼湊，是借由工具，也就是表述的手法，組合出介於真實與虛假之間的閱讀物。讀者需要正義與美，所以作品裡只要包含一般常識中的正義與美，就能受到歡迎。讀者在實際生活中接觸到的，往往是心目中正義與美的相反，也就是，他們看到、聽到、經驗到的，既不正義，也不美，所以才會在文學、音樂、藝術品中尋覓，並儘可能在其中得到補償或滿足。也因此，作家只要提供正義與美，就算是完成工作。至於，什麼是正義，什麼是美，這些是哲學議題。人為什麼對於正義與美有強烈的需求，就是神學的議題了。那麼，為什麼缺乏正義與美品質的作家也可能寫出如此的作品呢？因為他們自己對於正義與美也有迫切的需求。他們明白什麼是正義與美，只不過在實際人生中活不出自己的需求，而必須依靠本身的作品做為自我救贖的工具。

讀者是因著作品對他的吸引而想探究作者是什麼樣的人。讀者必須明白，他喜歡作者，其實不是喜歡作者本人，而是喜歡他的表現手法。某種表現手法對某種特定的讀者會產生吸引力。表現手法只是工具，所以讀者喜歡的，是作家表達自己的工具，而非作家本人。沒見過、不認識，怎麼就能隔空喜歡呢？一旦讀者知道自己喜愛的作家既不正義，也一點都不美，他們便會自覺上當、受騙。這正是讀者要求諾貝爾文學獎得主，必須具有道德高度，必須是正義與美的化身的原因，因為他們不願意受到欺矇。作家不需要以為自己受歡迎是理所當然。作家的飄飄欲仙，只不過是讀者本身的錯誤投射，以及希冀自己的想望能夠覓得歸處或有人代為成功表達罷了。自大與自戀常常是作家們的職業病，有些病重，有些病輕。是否能痊癒，最終由智慧定奪。書寫與閱讀的兩造，全錯了。錯誤就在於讀者與作者都把作品和作家等同起來。

難道沒有作家與自己作品完全契合的例子？當然有，也必定有。然而佔大比例的，應該是作家與作品只有部份重疊的情況。有些作家提著腦袋、剖出心肺而寫。他們對自己的要求，比起讀者對他們的期望更高出許多。而另一些，不過是心智活動落實於手工表現罷了。無論什麼樣的心意與形態，只要聽命於心底的騷動，以自己嫻熟的方式表達，並得到讀者的反饋，一來一往之間，基本上就已經解決人生兩大需求；一是表達自己，另一個則是溝通並得到了解。心中塊壘不得不說，並且以文字表現，正是寫字工作的主要驅動力。讀者認為作者寫出了自己的心聲，認為自己受到作者了解，並且和作者產生共鳴，這便是溝通的完成。所以，只要人存在，文學便不死。

對了，另一個和諾貝爾文學獎沾邊的是日本作家村上春樹。他是暢銷作家，也早就受到提名為候選人。但是暢銷與得獎之間似乎有條難以跨越的鴻溝，因為暢銷往往輕且薄，易於吞食，而諾獎總是顯得沉重而複雜，難以下嚥。想了想，就以村上做為我發牢騷的例子吧。可以嗎？思諾。

作家只要安份地當作家即可，應該避免在自己不熟悉的領域發聲，越界是危險而不必要的。村上有句受到多人引用，甚至奉為圭臬的名言「我永遠站在雞蛋這一邊」。那是他接受耶路撒冷文學獎時，演講的主題。他透露，日本國內有人警告他不要到以色列領獎，否則他的書會受到抵制，因為這獎由以色列頒發，正是強權欺侮弱小的象徵。如果村上親自到耶路撒冷領獎，就等於是他贊成以色列選擇發動壓倒性軍事力量的國家政策，並且長期蹂躪巴勒斯坦人。但是村上不畏懼可能遭到抵制的恐嚇，因為他認為，執意做出違反一般人想法的行為，是小說家的天職。對於村上的這種勇敢，我是欽佩的。

他又說，將來會有人決定對與錯，也許時間或歷史會加以判斷。但無論基於什麼原因，如果小說家站在高牆那一邊，他的作品有什麼價值呢？村上的高牆意指體制，雞蛋象徵個人。他認為，體制原本應當保護個人，然而體制一旦現出原形，便會開始殘殺個體，進而唆使個體冷酷、有效並且有系統地去殺戮別的個體；所以「無論高牆多麼正確，雞蛋多麼錯誤，我永遠站在雞蛋這一邊」。這就是典型的，二十世紀六十年代全球青年反抗運動的鐵律。他們誓死反對體制，因為無論表面上體制多麼正確，它終究是錯的。村上當然也受到這股風潮的影響，所以他的邏輯是，不論是與非，強必虐，弱必受虐；不論對與錯，強必受鄙視，弱必得支持的，一般人所謂的大愛思維。我個人正相反！我只問是與非，不論強或弱。事實上，這兩者之間沒有必然的關係。上世紀六十年代嬉皮風潮的最大致命點，就是把體制和國家暴力等同起來。事實上，這兩者之間沒有必然的關係。

村上演說的時間是以色列和加薩三週衝突後不久，地點是以色列首都耶路撒冷，聽眾包括以色列總統斐瑞斯。村上是在他心目中強國欺侮弱小的時候去到強國，並在強國總統面前直接抨擊強國。他的作為受到世界左派陣營的大聲擊掌。我的問題是，為什麼弱小的巴勒斯坦不邀請同情他們的村上去演講？如果村上受邀到西岸巴勒斯坦自治政府拉馬拉所在地，或到加薩走廊的主要城市加薩城去演講時，在領導人阿巴斯或哈尼耶面前批評主政西岸的法塔赫和統治加薩走廊的哈瑪斯，巴勒斯坦兩地分裂嚴重的領導層會對村上春樹祭出什麼手段？或者就像在加薩的伊斯蘭軍團，因自己內部纏鬥，卻無緣無由地綁架BBC記者亞倫．強生並扣留他一百多天那般，也讓村上無端消失？果真村上也受到如此毫無道理的對待，日本政府必須動用什麼資源、耗費多少資金施救？國際筆會又要發動多久的，一次又一次的連署聲援？以寫城市中產階級時尚、空虛、無目標地在生活中漫遊而著名的村上春樹，在發言之前，是否應該先知道巴勒斯坦和以色列衝突的是非曲直，以及牽涉多少歷史縱深與地域寬廣之後，才決定以什麼態度去領獎？當然，對一位日本作家有這麼多要求是不切實際的。作家當然有自己的立場，但立場的形成必須先有基於事實的清楚認知，這是基本常識，但是理睬的人並不多；因為相較於偏過頭去不敢正視自己的被耍、被騙，費時費神地在似是而非的謎團中理出實情，總是辛苦太多。也因此，一旦作家向公眾發聲了，對於不同的反應和所有的結果，勢必要自己承擔。

我怎麼說著說著就生氣了呢？依第。啊！對不起，是思諾。談到這個已經持續至少一個世紀的國際是非之地，讓我想起哈米！那是多年前的事了。

有一次我從特拉維夫搭公車到耶路撒冷。在總站下車後，一大堆人湧到安全檢查站前排隊，等著進入站內轉搭其他班次或過到車站的另一邊。人群中也有好些個背著長槍的男女士兵。這終站地點看起來就在陸橋下，其實不是。來了幾回，看了幾次，我仍然看不出個道理。下車處的斜對面停著兩、三輛計程車，司機們湊著說話，應該是等生意上門。我帶著一個旅行箱、一個背包站在柱子旁，正想著該怎麼去下榻處。一位穿著深色外套的司機，個子中等，有那麼點微胖，他嘴裡叼根菸，跨過馬路，向我走來。需要車嗎？他問。我只對他咧嘴，話都還沒說上一句，他已經拉著我的行李箱，示意我跟著走。放好行李，上了車，我們併排坐著。他問我是否介意他抽菸，我不但搖頭表示不介意，還向他要了一根。他開心地笑著為我點了火之後，車子便開動了。這就是我認識哈米的開始。

幾天後，我打算去約旦河西岸的耶利哥城。《舊約．若蘇厄書》裡記載，以色列人出了埃及在西奈流浪四十年，就將要進入客納罕之前必須經過耶利哥城。城裡的阿摩黎人懼怕以色列人的強悍，以及梅瑟所行的奇蹟，於是關閉城牆的大門，阻止他們進入。若蘇厄聽從上主指示，讓以色列人在約櫃後面跟從並繞城行走。七天之後，堅實高聳的城牆在以色列人齊聲大喊中崩塌倒地，天主應允以色列人的承諾也因此而得以實現。三千多年後的現在，耶利哥城內住著巴勒斯坦人。一九六七年六日戰爭後，耶利哥由以色列控制，一九九三年《奧斯陸協議》則改為巴勒斯坦自治政府管理。這是一件不提沒事，一提就十天十夜說不完道不盡的麻煩事。地球上這一隅的衝突、複雜與無奈，人類歷史上恐怕找不到第二個例子了。

耶利哥和伯利恆都是約旦河西岸的綠洲城市。我已經去過了耶穌誕生地伯利恆，一直希望有機會去耶利哥看看。打電話把哈米約出來，上了車他才知道我打算去耶利哥。我們向東行，出了耶路撒冷，來到一條較窄且必須要大轉彎的路段。路面低窪處積滿水，相當深，對於車子是個考驗。哈米關掉引擎，表示不願冒險繼續前進，折返就是唯一的選擇。我還沒想好下一步應該怎麼辦，哈米就已經再發動車子。我問他去哪裡。他只笑而不答。車子在耶路撒冷城裡轉了轉，哈米逕自開去他熟悉，我卻完全陌生的地方。我們來到一個小斜坡，路上沒鋪柏油，四周修車廠林立，有點凌亂，也有些吵鬧，一看就知道不是一般人常來的處所。哈米停車，下車，轉個彎，就在我面前消失。除了等，我什麼都做不了。車外四周人來人去，似乎沒看到我這外來的陌生人。一會兒之後，哈米帶了東西回來，原來是剛出爐的麵包。他說，這是全耶路撒冷最好吃的麵包。他爸爸過去常來這裡買，現在他買，連他兒子也來買。他剝了一塊給我，並且說，分吃麵包的人就是朋友，現在我們就是朋友了。我和他握了握手。奇怪的是，我和哈米才剛認識不久，怎麼他就把我當成朋友了？

我明白，在地球上這一個小丁點的地方，什麼都可以發生。想要在這裡活動，人必須夠柔軟而有彈性，才能面對隨時發生的變化。我曾在一連串由巴勒斯坦人發起的恐怖行動後不久去到以色列。那時，到處都有安檢措施。進入餐廳前要接受探測儀檢查，就連去麵包店也不例外。還有一次在特拉維夫大學的研討會結束後，我拉著小箱子打算上洗手間。由於其他人差不多走光了，我心想，把箱子留在走道上應當不會妨礙。兩分鐘後出來，一位女士正要轉身離開，看到我立刻問：「這箱子是你的嗎？」我微笑著向她點點頭。女士瞪大眼睛說：「你知道在這國家的規矩？我正打算報警！」我連忙說，知道、知道，抱歉、抱歉！這國家的規矩是，不要留下任何物品而人不在場；不要靠近不屬於任何人的物品；看到沒人看管的物品必須立即報警。其中的理由就在於，任何沒人看管的物品都可能是恐怖份子故意留下的炸彈！

還有一次我從特拉維夫外圍的斯德洛特搭國內線小飛機到最南端紅海邊上的觀光城埃拉特，目的地是離埃拉特不遠的一處集體農莊。檢查護照時，一個女兵要我留在一旁等候。我立刻心生疑慮。第二個女兵來提出例行的問題，從哪裡來？為什麼去埃拉特？停留多久？會住在哪裡？等等。然後第三個女兵來重複一樣的問題。第四個女兵，她的制服顏色不同，臂章標示也不一樣，而且是稍後出現，應該是位階較高。她報上名字、番號，並說，我如果有任何需要上報的事項，可以隨時自行提出。她說話快速，聲調平淡得如同機器人講話。大概是重複多次而感到厭煩，說出口就算是履行職務，給了交代吧。她也問我相似的問題，第二、第三女兵也在場。直覺告訴我，她們應該在交叉求證，我是否對不同的人給出不同的答案。問完後，她們幾個人站到角落去，似乎在討論什麼。不久，位階高的表示，我必須再經過檢查。一聽，急了！起飛時間就快到了，眼看她們就要打斷我的行程。我不得不抗議。對方卻說：「我們只負責安全，你的班機和我們沒有關係。」我突然明白，軍方必定授予她們權力，以國家安全為執行任務的最高指導原則，其他的全都六親不認。在這種情況下，我最好不要再有其他的言語或行動，讓她們完成工作，對我才是最大的利益。其中一位女兵把我帶到對街的一個小房子裡，她自己離開。我等了等，也焦急，也體諒。以色列安全人員寧可跋扈、得罪，也不能因為大意而讓人炸掉飛機。在以色列，每失去一個人就少掉一分在任何領域獲得諾貝爾獎的機會。這是我的看法。

兩個男兵進來了。一個要我脫掉衣服，另一個拿出我行李中的每一樣東西。除了我的身體以及行李受到徹底檢查之外，箱子和背包的裡層、外層、上層、下層全部掃瞄。這些都在一片白色不透明布簾後面進行，我只能依憑聽覺判斷他們怎麼對待我的行李。我也聽到小螺絲陸續掉落在桌子上的聲音。起初，我想不出行囊中的什麼物品含有小螺絲。過了一下，才明白過來，一定是那巴掌大的電子字典遭到剖肚挖腸的酷刑了。一個半小時之後，他們幫我交付託運行李，直接送我到登機梯，還我護照，看著我登機後才離開。在飛機上我左思右想，始終不明白為什麼軍方對我有這些特別待遇。因為我是單獨旅行的亞洲人？和團進團出的旅行團成員相較，我的確顯得不尋常。我不僅不去觀光景點，目的地竟然是少人知道的集體農莊。記得軍方一位女發言人阿薇塔在接受我訪問時曾說，從十多歲到八十多歲的巴勒斯坦人，不論男女，都有身藏炸彈企圖到以色列境內進行恐怖行動的紀錄。在以色列，只要和國安議題相關，個人隱私、人身自由等等受到大多數人極力保護的重要價值，總要讓步三分。那麼我受到大檢查的奇遇告一段落了嗎？不完全！從南部回來，我還必須去機場的軍方辦公室拿回電子字典。這可憐的小東西一定讓人送往什麼實驗室去徹底體檢了。

每次去耶路撒冷，我一定把哈米約出來。他也一定放棄載客的時間和收入駕著他的生財工具來和我聊。因為共分一塊麵包，我們是好朋友了。不是嗎？而且哈米搶著付咖啡錢的技術更是一流。如果我站著，他會拉著我的膀子，強迫我坐下。如果我坐著，他會站起來壓著我雙肩，直到覺得我的肌肉鬆弛了些，他才安心地去付賬。如果是速食店，點餐後立即付款，服務人員就直接收哈米的鈔票，因為他們彼此能說得上話。哈米是講阿拉伯語的巴勒斯坦人，他的希伯來語流利程度和以色列人不相上下。但是我聽他的英語就很辛苦了。幾次之後，我終於拼湊出哈米的家庭狀況。哈米有四個太太！這在伊斯蘭文化裡是允許的，但最多只能有四個妻子，而且限制在兩種情況下，第一是，要娶另外一個妻子之前，必須得到已經在家中妻子們的首肯；第二是，丈夫必須有能力公平對待所有的妻子。哈米的大兒子在耶路撒冷的希伯來大學讀數學。哈米的第四個太太，也是最年輕的，比他大兒子的年齡還小。我問哈米，他是否在一個婚禮上認識第四個太太。哈米睜大眼睛，非常驚訝，問我為什麼知道。這事不難。通常年輕的阿拉伯女子喜歡穿上美麗的衣裳去參加喜宴。在文化上，人們也允許她們這麼做。所以哈米在婚宴上認識嫩妻，後來把她娶回家，是完全可以想像的。記得我的埃及朋友曾說，他有個朋友，娶了兩個妻子，生活其實並不簡單。她們彼此吵嘴或生活上各方面的磨擦不說，光是應付兩個岳家的瑣事就足以讓人發狂。遵守嚴格教規的穆斯林女人往往無法運動，加上油膩飲食，只要中年以上她們通常有圓胖的身材，穿上大外袍就活像是個馬鈴薯。一個男人有著外表看起來極為相似的四個馬鈴薯，有什麼樂趣呢？

哈米的家是一棟三層樓，相當大，就在東耶路撒冷的阿拉伯人聚集區。他說，浴室、廁所等設備必須足夠，否則光是十四、十五個孩子早上趕著上學就會出麻煩。我很好奇，哈米晚上怎麼公平對待四個太太。哈米倒也爽快，他說這事一點也不難，白天太太們一起做家事時就先商量好了。哈米還透露，他有全家最大的房間，裡面有四張床，他的床最大。哈米以最簡單的英語說明複雜的事情。「一開始，最年輕的太太覺得不好意思，後來也就習慣了。」我心想，哈米的床周圍至少應該有簾子遮擋吧！

有一次我在晚上把哈米約出來。他開著一部黑色的ＳＵＶ，派頭十足。KIA?·TOYOTA?是TOYOTA，哈米說。這麼大一部車，怎麼在東耶路撒冷的小路、小巷裡鑽？又怎麼停車呢？實在匪夷所思。也許就停在離家較近的大街上吧。我也懷疑他會開著這大傢伙載客。「白天當然開另一部車」，是哈米的回答。這麼一大家子，怎麼餵飽每一個肚子？我婉轉地問，哈米瀟灑地答：「我們彼此幫忙。除了大太太，其他三個都工作。已經結婚了的孩子也會幫忙。」「你不認為應該不要再生孩子了嗎？」「只要不累，我就做那事。沒關係，阿拉會幫忙養。」哈米毫不猶豫地接腔。除了開朗之外，似乎什麼難過的事都和哈米沾不上邊。但他確實有潛在的煩惱。哈米最擔心的是，如果以色列和巴勒斯坦政府重新討論邊界時，他的住處也許會被劃入巴勒斯坦那一方。巴勒斯坦雖然也使用以色列的貨幣謝克爾，但巴勒斯坦境內的物價、薪水和以色列的相差一大截。我曾經和許多巴勒斯坦人一大早從伯利恆排長隊，走過安檢，過到耶路撒冷這一頭來等公車。除了我一個東亞人之外，一整部車的巴勒斯坦人，不是到耶路撒冷上班，就是去打工、辦事，或者到醫院探望親友。司機開著收音機，傳出清晰的希伯來語新聞。早晨空氣中散發著清新，車外的陽光晶亮，車內的人完全靜默無聲。我好奇，這些人正想些什麼？去敵方賺錢養一家大小，對他們究竟是屈辱還是幸運？屈辱，是因為親友可能會認為他們為了錢，竟然可以出賣靈魂去當敵人的奴隸。幸運，是他們可以賺到比在自己的土地上數倍薪水的待遇。你不也覺得這是個多麼扭曲變形而又古怪瘋狂的世界嗎？思諾。

從五官上看，巴勒斯坦和以色列男人並無不同，都是膚色較深的中東人。電影中白人男子飾演耶穌的造型並不正確。耶穌是中東猶太人。如果他不被自己的同胞送上十字架，並且活得夠久，也可能是個大光頭。阿拉伯和猶太兩大族群又能夠以沒有信仰或者信仰深淺的程度看出他們的差異。

沒有信仰的以色列男人通常把鬍子剃得精光，他們的以及無信仰女人的服裝，和我們一般人相同。信奉正統猶太教的男人必定有些鬍子，頭頂戴小圓帽，女人必定穿長裙也戴帽子。而超正統猶太教男人往往有大鬍子，兩鬢各有一綹小鬈髮，貼在頭頂的小圓片上面又有一頂大黑的寬邊帽。他們的腰間繫有白色細繩，腰的兩側有幾條白繩垂下。他們穿白襯衫、黑外套、黑長褲。在燠熱的夏天也不會改變。超正統女人除了穿長裙之外，離開家必定戴上遮蔽全部頭髮的帽子或綁上頭巾。原因是，女人的頭髮，特別是長髮，性感，容易勾引男人。許多超正統女人選擇戴假髮，因為看起來美麗。過多的限制，女人自有抵制的辦法。

巴勒斯坦人雖然較不複雜，對女人的抑制卻是更加令人驚恐。他們對付女人們，簡便、扼要、直接。除了小女孩、年輕女孩之外，在街上、在店裡、在市場上看到的女人，只穿包裹全身的長袍，並且包上頭巾。有些則像沙烏地阿拉伯境內的女人，臉上也蒙上黑紗，只露出兩眼。長袍的袖子又寬又長，也許她們嫌長袖礙事，也許早已習慣了。古時，廁所遠離住房或帳篷，伊斯蘭女人夜裡必須上廁所時，罩袍加身，才不至於勾引睡在沙漠星空下的男人。不論是超正統派、保守派、激進派，男人不管管自己的那傢伙，只想著怎麼包裹女人的身體。數千年的習俗延續至今，男人似乎驕傲於他們的顢頇與不求上進。

有次我在拉馬拉市獨自閒逛時，無意間走入一家小餐廳。在一樓點完餐之後，走上又窄又陡的樓梯到了二樓。面積不大，擺了四、五張大大小小的桌子。其中一桌圍坐著幾個人，他們的桌上堆滿了剩餘的食物和空瓶子。另一桌較小，兩個女人對坐著吃螃蟹，蟹殼幾乎蓋滿了桌子。其中一個女人時不時拿衣袖擦嘴、擤鼻涕！這只是長袍作為衣服之外的作用之一。在長袍裡藏槍、藏炸彈偷渡到以色列境內殺死、炸死無辜的人，時有所聞。

在約旦河西岸的巴勒斯坦自治區只是走走看看當然不夠，但要深入了解卻不簡單。首先是語言障礙。直像是隔鄰的兩個行政區，卻由於不同政體管轄而顯出完全不同的面貌。在以色列，說英語的外來人可以暢行無阻，在巴勒斯坦卻是寸步難行。我只能求助乙太。

乙太是著名的戰地記者，他在以色列國內幾乎無人不知。乙太又高又瘦，長長的脖子上是一頭濃黑的鬈髮。我們約在特拉維夫的黑咖啡餐廳見面。那天，他騎摩托車進城，我從耶路撒冷趕來。正如許多以色列城內的西餐廳，黑咖啡內地方又小，座位又窄，中午時分更是擁擠。我們兩個長腿男人各佔小桌一側，想讓四條長腿擺放在合適的地方，必須多試幾次才行。二十多年來，世界上無論哪個角落出狀況，乙太總是無役不予。他在美國出生，即使進到極端仇視猶太人的阿拉伯國家，手中的美國護照便有護身符的作用。他的膚色、五官不屬於西方白人，除了身高，混在阿拉伯兄弟中就是天然的哥兒們。但是子彈、炸彈不認得任何護照，也不在意乙太的身形與外貌，所以他必須把自己看緊些。更何況他通常是一人出征，真出事了，連收屍都找不到人。我們吃吃嚼嚼，一頓午飯很快解決。我向乙太表示了在西岸行動的難處。他不看我，也沒說話，立即拿起手機撥打，接通，說了兩句，掛斷；然後要我記下一個名字、一個號碼。原來他打到西岸給同行，請對方為我安排。這事有趣，兩個吵吵打打了幾十年的族群，卻也相互支援。政治爭鬥通常是政治人物之間的較量，百姓所要的，不過是國泰民安而已。當天下午我聯絡了那個巴勒斯坦人。原來他和乙太一樣，都是攝影記者。他聽了我的意向，也給我一個名字、一個號碼。原因是，他的英語不夠達成我的目標與要求。第二個名字和第二個號碼，確實奏效，我和對方約好第二天早上九點在耶路撒冷最大檢查站的巴勒斯坦那一頭見面。

出了檢查站的巴勒斯坦這一邊，也就是耶穌出生地伯利恆，通常有三、四部計程車等著。司機們看到出站的不是巴勒斯坦人，立即走近邀客。我只好說，不、不，朋友、朋友，他們很快會意，有人來接我。我比預定時間提早到達，來接我的罕查也是。他說，城裡有突發狀況，今天不能陪我，但另一位女同事蕾拉可以為我翻譯。車子在伯利恆街上轉了轉，有一段路正在翻修鋪設，車子走得顛簸。罕查嘟囔著，不知道何時路能修好，他的車子就要震壞了。到了他的辦公室才知道，原來罕查是一家小電視公司的負責人。說是電視公司顯然超過實情許多。三個房間，其中兩間是辦公室，剩下的一間房裡有兩張小沙發椅，牆上漆著不同的色彩，一牆一色，地上的電線零亂，看起來應該是來賓訪談室。罕查忙著講電話，我耐心等著。十多分鐘後，蕾拉來了，她大約是我女兒裳悅的年紀。

我一直想到難民營去看看，這次是難得的機會。蕾拉說，不遠，這附近就有一個。所以我們走著去。所謂難民營其實就是個街區，住著的，應該是一九四八年以色列建國時，從現今以色列領土往東遷移到靠近約旦河的阿拉伯人。近八十年來，當初巴勒斯坦人的後代又後代，以及之後的後代，直到現在仍算是難民。數目從幾十萬增加到幾百萬，至今還收到聯合國的資助，還受到西方左派各個無政府組織的大力幫忙。一九四七年聯合國將巴勒斯坦地劃分兩個部份，讓以色列和在巴勒斯坦地的阿拉伯人分別建國。現在姑且稱這些阿拉伯人為巴勒斯坦人吧。

猶太人接受一八一號決議案，巴勒斯坦人反對。第二年以色列宣佈建國時，立即遭到其他阿拉伯國家的三面圍剿。阿拉伯指揮官散佈消息，他們很快會把猶太人趕出巴勒斯坦地，住在由聯合國劃入以色列地區的巴勒斯坦人必須立即遷出，否則他們就是叛徒。又說，只要阿拉伯聯軍一打敗以色列，這些人就可以立即回去。匆匆離開的巴勒斯坦人鎖上大門，帶著鑰匙出逃，以為很快就可以回家。沒想到他們卻全都成了難民，因為聯手的阿拉伯國家並沒有能力打贏才剛建國的以色列。當初沒聽從指揮官旨令撤出的阿拉伯人，全成了阿拉伯裔的以色列人。他們構成當今以色列人口的百分之二十以上，在國會中擁有席位，在科學、醫學、文學、娛樂、大眾傳播等各個領域人才輩出，都有傑出的表現。

蕾拉引路的難民營，遠遠就可以看到高高的牌坊上有一支橫躺著的大鑰匙。我推想，也許每個所謂難民營的入口都會有類似的大鑰匙，標示著總有一天他們可以把以色列趕出巴勒斯坦地，趕入地中海。只要時候到來，他們就可以回老家，以舊鑰匙打開舊房門。

一進營區的右手邊是一家不算小的紀念品店，老闆就坐在進門處的木桌旁。我禮貌地向他微笑招呼後，便一櫥窗一櫥窗地看過去，裡面全是古舊的器皿、工具，還有些銀項鍊、銀耳環，全都沒有標價，全都灰暗蒙塵。看著看著，我突然心生一念。這不是一般的紀念品店，而是個樣板！這老闆根本沒什麼可賣的，也不會有觀光客上門。店面只不過是提供給西方資助者評估成果以及給記者拍照罷了。我一旦這麼想，就盤算著下一步可以做什麼。

我看到一個櫥子裡有幾支嚴重生鏽的鑰匙，便問老闆，哪幾支是真的，哪幾支是仿造的。老闆倒也乾脆，指給我看真、假鑰匙。它們確實難以辨認。看來老闆沒受過訓練，他不但不對我的問題感到奇怪，也不思考，為什麼一個普通觀光客會提出鑰匙真假的問題。不但如此，他還把我看成是自家人，以他相當好的英語和我聊上了。隨後，老闆踏出門檻，要我跟著他看離牌坊約一百五十公尺處的水泥牆，那是以色列遭到巴勒斯坦一連串恐怖攻擊之後蓋建的。這一段是數百公里屏障中的一小部份。市區連市區的地方，也就是巴勒斯坦人最容易過渡到以色列那邊的地段，才由高牆阻隔，其他的，只是一般鐵絲網隔欄。老闆的紀念品店正是和耶路撒冷城相毗連，不築牆，等於是給恐怖份子開大門。這道屏障的蓋建一直受到國際媒體及許多西方領導人的撻伐，他們卻對沙烏地阿拉伯和伊拉克的邊境牆視而不見。沙烏地阿拉伯因顧慮可能受到伊拉克境內的族群武裝內鬥波及，所以築起邊境牆以防萬一。沙烏地阿拉伯所築的牆位於無人地帶，且設置瞭望塔、夜視機、雷達、巡邏車、快速反應部隊等等措施。在沒有戰事的情況下，沙烏地阿拉伯都要築牆以求得心安，更何況以色列築牆是為了保護自己國民生命不再遭到屠殺。有人說，以色列的牆是為了讓巴勒斯坦人在生活上更加痛苦，因為圍牆阻隔，導致原本的近路，現在必須繞道遠行；也有因隔欄截斷農地，而讓人無法耕作、生產。這些種種，都可以交由色列最高法院判定，必要時，蓋建隔欄的路徑就要改變。

二十一世紀一開頭，巴勒斯坦人在以色列公車、餐館、購物中心、人潮聚集地執行的恐怖攻擊，兩年內就有超過一千個以色列人死亡，無數人受傷，這就是巴勒斯坦第二次的起義暴動。以色列的隔欄、水泥牆防禦攻事的確讓攻擊事件減少百分之九十以上。絕大部份的記者不讀地理，不讀歷史，他們和村上春樹一樣，不問是非和原由，只站在弱者一方，只追著巴勒斯坦的血腥奔跑，錯誤的報導當然造成糾紛，並且呈現螺旋式地往上加乘，不可收拾。

紀念品店老闆接著告訴我，每週五禱告完以後，小孩子會到這裡來向以色列士兵丟石頭，橡皮子彈就是士兵的還擊。說著說著，他拿出抽屜裡三顆已經使用過的子彈，放在手心，送到我面前。「你看，橡皮裡面包著真的子彈，怎麼能說是不會致命的橡皮彈？」我只笑笑，不置可否。週五禱告後，小男孩或青少年聚集起來向以色列士兵扔石頭，早已從常事變成了常識。不過老闆手上的，直徑大約一公分或小於一公分的子彈要能夠從一般步槍射出，又能直飛，可能嗎？如果命中了，標的物不就要撞出個大洞？以色列軍隊真會這麼笨？如果孩子鬧得太兇而必須開槍時，也只是驅散作用而已吧？旅行途中，抱怨、造假、污衊的話我聽多了。不知怎麼回事，那天我突然想把一貫對人平和的態度插上些芒刺。我問老闆：「你對法塔赫滿意嗎？」他毫不遲疑地回答：「當然不滿意！這個領導階層除了貪腐之外，還會做什麼？」「你們為什麼不反抗呢？」老闆張著口，瞪著眼睛看我卻久久不吱聲。奇怪，如此直覺而簡單的問題，他似乎從未想過，似乎從未問過自己。「你們為什麼不把抗議以色列的態度和做法，也用在抗議你們自己的政府呢？」老闆聳聳肩，搖搖頭。「沒有用，沒有用」是他無奈的回答。後來我才想明白，巴勒斯坦人把生活上的不順遂全都看成是以色列佔領他們的土地而導致。牙齒痛是因為佔領，夫妻吵架是因為佔領，走路不小心摔傷是因為佔領，工作不順利是因為佔領……。反抗自己的政府會受到武力鎮壓，怪罪以色列收獲同志情誼。生活中的任何波濤，永遠有怪罪的對象。方便又便宜。對吧，思諾。

我和蕾拉走在鋪得平整的柏油路上。路面不寬，也相當乾淨，卻幾乎沒車、沒人。不知道為什麼穆斯林往往把牆築得高，除了路面，看不到兩旁水泥牆裡究竟有什麼。我們安靜地走著。突然我看到右前方有個三階窄梯，梯上是一扇墨綠色的鐵門，門旁探出一張遮掉一大半男人的臉孔。我朝那人點點頭，笑了笑。我們走上前去。蕾拉和他談了。原來門內是個小學。我當然要去拜訪。男人把門打開，才看到一個偌大的場子，全鋪上水泥。場子盡頭是好幾個跑跳嬉鬧的孩子。男人把我們引到二樓一個相當寬敞的辦公室，裡面有個中年男子和兩個年輕人。我們的冒然來訪不但不遭到拒絕，反而受到歡迎。這不就像是東亞鄉下的串門子文化？人們可以隨時敲開鄰居的大門，借個葱蒜什麼的，順便傳播小道消息。

經過介紹，原來那微微發胖了的中年人是校長。至於其他兩人，是祕書？是手下？校長的大桌子上沒放什麼東西，校長室裡倒是有一套好沙發椅。由於事出突然，我不知道該問些什麼。這學校有幾個年級？有多少班？有多少學生？蕾拉翻譯時，我努力想著該怎麼提出平時就關心的議題。「這附近有人和以色列軍隊發生嚴重衝突而被逮捕嗎？」「有。」「被判刑了嗎？」「對。」「法塔赫每月按時給他的家人慰問金？」這個句子蕾拉譯了之後，還沒來得及聽校長回答，她便驚訝地看著我，問：「有這種事？你怎麼知道？」「我不但知道，還可以拿價目表給妳看。被以色列判刑越重，關得越久，他的家庭每個月就可以從你們政府那裡拿到更多錢！如果是同樣的刑罰，依照人口比例和家庭狀況，會領到不同的撫恤金。」蕾拉聽了半信半疑。校長說：「被關的人家裡當然要拿到補償。有的家庭會請律師交涉，不過有的媽媽希望兒子關久些，她才好多拿慰問金。」然後蕾拉、校長和那兩個年輕人展開大討論。我不知道他們談了什麼，只管喝著一個圓圓胖胖穿著大長袍的太太拿進來的熱茶。一陣子過後，他們停了下來。也許校長開始意識到我不是一般走走看看的觀光客，而是針對性地提出政治敏感問題。他突然站了起來，說是要介紹我看挪威捐贈的圖書室。那是位在三樓的一個空間，不大不小，中間是一排低桌低椅，兩個牆面的矮櫃上稀疏擺著幾本書。這圖書室到處蒙上一層灰，應該有段時間沒使用了；或者只是樣板，根本不曾使用過？西方國家有太多官方、私人機構每年編列預算資助「遭受以色列強佔土地的巴勒斯坦難民」，這小學的圖書室就是西方捐款去處的其中一種呈現。

蕾拉帶我去吃傳統美食沙威瑪，原來又是口袋麵包夾上許多菜和肉。吃的時候，嘴巴必須張得夠大才行。好吃嗎？也許。鹹，填滿了我對這口袋麵包的印象！吃完後的報酬則是兩片麻麻脹脹的嘴唇。我也曾經在以色列那一邊的阿拉伯店裡吃過沙威瑪，一樣又大又厚，卻不那麼鹹。

伯利恆是約旦河西岸的觀光城，有好些家旅館，價位和世界各大城的住宿費相差無幾。其中最豪華的是五星級的洲際飯店，不但房間一流，更有湛藍美麗的游泳池。這讓我想起，巴勒斯坦農民往往投訴以色列政府控制北部的加利利湖，掠奪他們的灌溉用水，卻不質問法塔赫領導層，洲際飯店游泳池裡的水從哪裡來。難道其他富有巴勒斯坦人豪宅游泳池裡的水，是降雨的結果？

距離洲際飯店不遠有個旅館，就叫做「圍牆」。它小而窄，卻一點也不簡陋。正相反，它的豐饒處處可見，卻令人起疑，也令人恐懼。圍牆旅館的真正意思是被牆圍繞的旅館。說是旅館也不全然正確，因為去的人，許多是記者、紀錄片拍攝者，以及三十歲以上仍是左派思想，卻不一定有能力、有興趣、有膽識實現他們人生理想的慵懶之輩。這些人到匯集了博物館、美術館、書店以及住房於一棟三層窄樓的圍牆旅館去朝聖。他們心目中的聖者正是英國著名的塗鴉藝術家班克西。這人是個世界大頑童，和許多成名或不成名的塗鴉人一樣，他在全球各地的公共牆上、器物上任意噴繪或張貼圖像，違反法律明確禁止的行為。塗鴉人的創作通常是嘲諷、幽默、粗野，且帶有強烈的政治動機。班克西除了具有這些特質之外，他更大膽而天真地碰觸了長年衝突不斷，而且久經辯論以及數次征戰卻得不到結果的，以色列和巴勒斯坦的議題。比如班克西一幅著名的塗鴉作品是，一個半蒙面的年輕人，張開雙腳，向右後方高舉右臂，是一般丟棒球或石頭的標準動作，然而他手上拿的，既不是球也不是石塊，而是一束花。任何長期關注國際議題的人一看就知道，這年輕人的動作正是巴勒斯坦人以石塊抵抗以色列軍隊的象徵。班克西刻意讓他所創造的巴勒斯坦年輕人手握花束而不是石塊，是要更進一步說明，巴勒斯坦人企盼以色列應該和平地結束佔領。和平，人人明白。佔領兩字在巴以衝突上仍然需要深入細節去追究。

對不起，思諾，談到這議題我就停不下來了。你還能容忍吧？

沒問題，請繼續。

班克西除了以年輕人丟花束的塗鴉而和這道國際難解題牽上了線，他更以十四個月時間參與圍牆旅館的建立與設計，以「全球最糟視野的旅館」作為離經叛道的廣告詞，顛覆人們爭取最佳視野作為旅行時對於住宿環境的訴求。最糟視野是指，從旅館房間的鐵窗向外望去正是八公尺高的隔離牆。牆上佈滿無數觀光客和巴勒斯坦人的胡亂塗鴉和標語。我第一次看到這道牆時立即有了合理的想像，必定會有人拍攝這些塗鴉或壁畫、標語，編輯成冊並且販賣。果真如我所料，而且出版了的這些畫冊還相當厚重。太多人有意無意地想從這場衝突中快速賺錢。

不只是畫冊或攝影作品，圍牆旅館一樓的一小面牆架上更有幾本全是以巴勒斯坦視角論述的書，因為標了價，也就成了書店。二樓以上的住宿，分別是一般的雙人房，以及有幾張上下鋪床的集體房。舊櫥櫃站牆邊，老式的收音機、電話機等古舊的物品窩在不同的角落裡。各處牆上少不了油畫作品，或不同材質的立體創作。有的出自班克西的巧思，有的是他的刻意模仿。所以這旅館也可稱為博物館和美術館。

旅館廳堂的英國風味由厚重桌椅、花朵圖案的壁紙和餐具，以及深沉色調來顯示；譴責以色列和美國的政治立場就交由班克西的作品表達。遍佈繁花浮水印的灰色壁紙上貼著斜飛的戰機。從天花板上吊掛有著嬰兒小天使身形的塑像，嬰兒戴著氧氣口鼻罩。這讓我想了很久，是要表達孩子一出生就要受到爭戰折磨，甚至面臨死亡？一面有著墨綠色壁布的牆上，原本釘在橢圓扁平木板上以彰顯戰利的動物頭部標本，全都換置了監視器，底下則是交叉的兩支斧頭和好多彈弓。巴勒斯坦男孩或青少年除了拿石塊丟以色列軍人之外，以彈弓射出較小的石頭當然也受到支持和鼓勵。一個小女孩的頭部佔據畫面的大半，細看淡色背景，原來是鋪滿了free Palestine字樣。美國第一任總統喬治．華盛頓半身畫像的框邊右上角裂開受損，這是班克西對美國的詆毀？甚至是他認為美國不該誕生？還有個蠟人像，是坐在辦公桌前的英國外務大臣亞瑟．貝爾福。他在一九一七年簽署的《貝爾福宣言》，支持猶太人在當時仍由鄂圖曼帝國主政的巴勒斯坦地區建立民族家園。我曾讀過班克西對貝爾福的批評，他認為這份宣言簽署時，並沒妥當設想可能導致的後果。這又是個把人當神的具體例子。哪個政治人物能在紛雜的歷史進程中，看見百多年後的世局演變與發展？

這些和其他種種，說白了就是一個聚集全球左翼人共同譴責以色列具體而醒目的標誌。而這標誌幾乎囊括了對於半件事情所能指涉的一切。為什麼是半件事情？二戰結束時，中國的勝利日就是日本的失敗日，以色列建國的那天正是巴勒斯坦的災難日。正如同村上春樹，班克西在一場巨大的衝突中，只提到巴勒斯坦一方卻忽略另一方以色列，這是一種故意的缺失。我多麼希望這兩個國際人在行使他們的言論自由權並產生影響力之前，能謙遜地把自己當成學生，挪出一些時間多讀些有真實憑據的，來自各方的歷史資料。

下午我和蕾拉在街邊等罕查的車。陽光懶懶，看著來往的車輛和行人，我覺得自己身在一場奇夢中，而且一點也不喜歡這場夢。我問蕾拉現在最想做什麼。她想了想，去海邊，她這麼說。我當然知道蕾拉不可能去特拉維夫的海邊，卻故意問：「妳可以去加薩，不是嗎？」「不，我不去。那裡有哈瑪斯，我不去！」

每個國家、組織、團體，甚至家庭裡都有內部衝突，巴勒斯坦法塔赫和哈瑪斯的衝突卻是非同一般，那是你死我活、兵戎相見的巨大毀壞！生活在法塔赫治下的蓄拉不願意或不敢去哈瑪斯控管的加薩，一個如此分裂的阿拉伯群體，究竟哪一方才能和以色列談判或對話？我始終不認為巴勒斯坦有談判的意願，七十多年都由國際養著、捧著，貪污都來不及，哪有治國的心思和能力？

事實上，思諾，巴以問題非常複雜，卻也相當簡單。地中海東邊的巴勒斯坦是個地名，它從來就不是個國家。鄂圖曼帝國存在了六百多年，粗略地說，領土從土耳其到伊拉克，也包括阿拉伯半島。一戰時，巴勒斯坦地仍然由鄂圖曼統領。當時英國希望也在鄂圖曼治下的阿拉伯半島能發起武裝反抗。阿拉伯人答應，並打算推翻鄂圖曼之後獨立，遼闊的疆域將會成為包括阿拉伯半島、伊拉克、敘利亞、黎巴嫩和巴勒斯坦地區的聯合大國。這是一九一五年至一九一六年間，英國駐埃及外交大臣麥克馬宏以及阿拉伯的麥加謝里夫胡笙十次通信後的結論，但沒有約束力。一年多以後，也就是一九一七年的十一月，《貝爾福宣言》奠定了以色列的建國基礎。由於地理條件的阻隔，以及通訊不像現在這麼便利，當時的英國外務大臣貝爾福很可能不知道，遠在開羅的英國外交代表麥克馬宏和胡笙之間曾經有過通信與默契，雙方同意巴勒斯坦地將會隸屬阿拉伯聯合大國，而造成後世認為，正是英國把同一地區同時承諾給阿拉伯及猶太兩大民族，所以才有了當今中東最不可解的難題。

三十年後，也就是一九四七年，以色列接受聯合國將巴勒斯坦地分割給猶太人和阿拉伯人，讓他們各自建立國家；並且雙方都應該遵守《貝爾福宣言》中提到的，不可歧視巴勒斯坦地非猶太人社區的公民權和宗教權，也不可歧視猶太人在其他國家享有的權利和政治地位。所以才有了我先前提到的，在阿拉伯人攻擊剛誕生的以色列，沒有聽從指揮官指示而留下來的阿拉伯人，不但可以行使公民權、宗教權，在國會中有席位，並且在各個領域都有傑出的表現。可惜的是，遷出聯合國分給以色列領地的阿拉伯人，以及分給原本可以自主建國的阿拉伯人，他們不但不願和以色列並存，反而一心一意要把以色列從地圖上抹去！一九四八年以來，除了兩年一小戰、十年一大戰之外，幾乎每天都會出現的大小紛爭，恐怕在人類史上不容易見到。而且，思諾，我打賭，你一定不會想要知道那些爭戰的具體細節。

直到二十一世紀的現在，以色列人仍然生活在隨時隨地遭遇巴勒斯坦人恐怖攻擊的懼怕中。恐攻包括在街上行走時，莫名其妙被刀刺殺，或者在街邊等公車時，遭到突然闖出的車子碾壓。當然巴勒斯坦人也仍然生活在他們所認為的，猶太人佔領他們土地的仇恨中。我對佔領的說法一直有疑慮。二戰時，納粹先對波蘭發動戰爭，戰敗的德國所丟失給波蘭的土地，可以說是波蘭佔領的嗎？那還是兩個主權清楚的國家，巴勒斯坦地是鄂圖曼遺留下來的，不屬於任何國家。以色列按照聯合國劃分的土地建國，阿拉伯人拒絕，因為他們要的是全部的土地。阿拉伯聯軍先發動戰爭，卻失敗，以色列推進到他們認為可以自保的停戰點，如同當年波蘭對德國那般。戰敗的德國不可把切割給波蘭的土地說是波蘭的佔領地，也不能要回來。不生活在國家框架中的巴勒斯坦阿拉伯人在先戰後敗的情況下，能夠把失去的土地稱為佔領地嗎？說成是有爭議性的土地才適當吧。

百多年來，真正交火的事情不談，已經無法盡數的會議和談判全都不能有效解決紛爭，因為雙方都有永遠不滿意磋商結果的激進份子，所以改變想法才是真正的解藥。流血只會引來更多的血流。我曾經非常天真地想，如果每一個巴勒斯坦母親能夠在晚餐桌上制止孩子們對猶太人的仇恨，事情必定可以有巨大的轉機。問題是，這些母親們世襲而來的，自從出生便已在血液中湧動的恨意，怎麼可能無端消失呢？穆斯林認為，他們的神阿拉恨猶太人，他們怎麼能不跟著恨呢？伊斯蘭需要啟蒙！

現在，思諾，我要告訴你一個奇蹟，以色列有個在教育體制內的雙語學校，全名是「手牽手：以色列猶太與阿拉伯教育中心」。在這學校內，學生同時以希伯來語和阿拉伯語上課！

也許由於一九九三年原本可以促使兩個族群和平相處的《奧斯陸協議》無法落實，幾個猶太和阿拉伯父母只好自行招集小孩開辦幼稚園。他們希望以實際行動召示，猶太人與阿拉伯人不但可以共同生活，更能夠一起學習、成長。本來是實驗性質的小團體，竟然不斷擴大。隨著幼稚園孩子進入一年級，學校也增設一年級課程。隨著孩子進入二年級，學校也跟著增加二年級的課程。如此一路發展，雙語校至今在以色列全境已經有好幾所，學生可以自幼稚園讀到高中。

耶路撒冷城郊的瓦地阿拉是阿拉伯人聚集區，偏偏在這裡就有個手牽手雙語學校。原本少於相互往來的猶太與阿拉伯族群，在雙語學校裡見證了仇敵如何成為水乳交融的好友。

有一次我又在耶路撒冷時，便透過聯絡而可以去這學校看看。負責接待我的，是全身充滿活力的猶太媽媽柔哈。「我們學校有自幼稚園至六年級的學生，校長是阿拉伯人胡賽因。」健談的柔哈邊談邊帶我看在沙土裡嬉戲的幼小孩子，並且解釋：「他們在玩樂和集體創作中學習彼此的語言。一班裡同時有猶太和阿拉伯老師，她們各自以母語授課，卻也懂得彼此的語言。」我看到一位女老師正掃著教室地板上的沙，我向她笑笑，指指外面的沙坑。她回說，每天都要掃沙子，因為小孩喜歡在沙坑裡打滾。

古老民族總是有不同的慶典、節日以及宗教加諸的各種紀念日，猶太與阿拉伯人更是不例外。我想知道雙語學校如何處理這些繁瑣而又重要的細節。「人人參加彼此的節日或紀念日，一起慶祝或一起悼念。」這是柔哈給出的答案。接著她讓我看一本日曆。基督宗教的假日以十字架標示，猶太教，以大衛星，伊斯蘭則以弦月與小星為圖記。如同以色列公路上的交通標誌，日曆上的每個週間、週日，都以英文、希伯來文及阿拉伯文等三種語言呈現。必須多加解釋的特殊日子，則以希伯來和阿拉伯文說明。太稀奇了，我向柔哈要了一本。現在這日曆就在我的書架上。

接著我又去到耶路撒冷城內的雙語學校。公關部門的娜亞臨時告訴我，另有位日本《讀賣新聞》駐中東辦公室負責人也在同一時間和我一起參訪。日本先生個子不高，瘦瘦的，一派幹練。我們先到一班幼稚園，兩位老師正以不同的語言帶動唱。娜亞說，這班孩子正為猶太教光明節以及基督教聖誕節做準備。還有一班一年級的學生分兩組上課，一組在教室內學寫希伯來文字母，另一組在走廊臨時增設的課桌椅上學寫阿拉伯文字母，每組各有一位老師負責。接著我們短暫停留，看一班四年級的學生上課。他們也有兩位老師，內亞瑪是阿拉伯籍，吉嫣是猶太籍。那堂課是公民教育，孩子學習如何選舉學生委員會成員，他們必須選出正確的代表才能維護並爭取學生權益。只見內亞瑪在黑板右上角以阿拉伯文寫下主題，並立即以阿拉伯語做解釋；就在內亞瑪解釋時，吉嫣則在原先阿拉伯文下面以希伯來文寫主題。內亞瑪解釋完，吉嫣立即以希伯來語接腔。她們無縫銜接，令人驚訝。我忙著記錄，日本記者不斷拍照。有時老師提問，指定某個學生回答或讓學生自願答覆。有時是學生發問，老師回答。語言呢？不論老師或學生全以自己的母語進行；也就是，猶太學生以希伯來語提問時，吉嫣負責解答。如果是阿拉伯學生發問，就由內亞瑪以自己的母語回答。有時候是交叉問答，猶太老師以希伯來語向阿拉伯學生提問，學生以母語回答。或者，阿拉伯老師以阿拉伯語向猶太學生提問，學生也以母語回答。換句話說，不論老師和學生都有雙語能力，都聽得懂對方語言，也都能以雙語應對，說母語是為了把自己表達得更完整。如此這般，在我們停留的二十分鐘裡，整個教室氣氛活潑熱絡，沒有一秒鐘的冷場。

吉嫣和內亞瑪是同一班的兩位導師，她們共同教公民通識課程，內容包括如何與人溝通相處、什麼是生活價值、怎麼面對校外一般人的世界等等。你一定覺得奇怪，思諾，「面對校外一般人」究竟是什麼意思？學校內、外怎麼會是兩個不同的世界呢？這正是雙語學校特殊的地方。畢竟在政治上，猶太和阿拉伯仍是敵對狀態。這學校裡阿拉伯學生的父母，就是在一九四八年以色列建國時，不聽從阿拉伯軍官要他們暫時離開的指令，而留下來的後代。社會上的猶太激進份子當然認為這學校裡的猶太孩子和父母通敵，而以色列境內的阿拉伯激進份子必定指責學校裡的阿拉伯父母和孩子背叛。所以老師有義務教導學生如何應對校外可能有的不愉快。

以色列教育部只負責規定課程目標，老師可以自行發展授課內容，沒有任何教科書可依循。在後來的談話中，兩位老師都表示，因為認同雙語校的特殊理念才來教書，而實際教學時，她們課前必須周全準備才能在課堂上緊密配合。我心想，兩人教同一班，必定有良性競爭，畢竟沒人願意讓對方認為自己是不盡責的老師。競爭的結果，受惠的當然是學生。

娜亞強調，「認同」在雙語學校是個重要的議題。一年級認知「我是誰」，二年級「我和我的家庭」，逐年推展到我與社區、社會、國家、世界、大自然等等，重點是「因為不同，所以我才豐富」！學生必須學習「同意不同意我的人」。

我們走出教師休息室，看到一面牆上貼滿撕畫。娜亞介紹說，這是五年級學生的作品。老師給的題目是「我最喜歡的人」。我們看到了甘地、馬丁．路德、黎巴嫩的女歌手等等，也有好幾個我不認識的人。老師讓學生自由選擇，學生必須自行設法查詢有關受選者的所有資料，並且在牆上展現這人的特殊點，包括國籍、時代背景、出生地、正面或負面的事蹟及其影響力等，而且要能對同學的發問提供答案。再來是說明自己為什麼喜歡這人，是因為欣賞他的外貌、品德、貢獻或其他特質；這一環節可清楚反映出學生的喜好與性格傾向。最後以撕紙創作受喜愛者的頭像。光是介紹自己喜愛的人就已經把歷史、地理、人格、美術等教育課程串聯一起。如果一班有二十個學生介紹二十個他們心目中的偶像，那麼每個學生就能在一段時間裡充分認識二十種不同的人生！

同行的日本先生等不及要知道歷史課怎麼上，我向他豎起雙拇指，表示我贊同也非常渴望了解學校怎麼處理這棘手的議題。在這是非之地，同一段歷史卻有完全相反的詮釋，對於一班裡有著不同歷史認知背景的學生，老師如何處理？我實在難以想像！

娜亞告訴我們，學校給出容納不同觀點的空間，猶太和阿拉伯學生可以各自提出解釋。我好奇地問：「以色列的國慶日是巴勒斯坦的災難日；也就是，當猶太人歡天喜地慶祝建國日時，正是阿拉伯人紀念離開故土的災難日。學校在這巨大矛盾的日子裡怎麼做？」「國慶日當天以色列全國放假，學校不能做什麼。但是國慶日的前一天原本就是猶太人的追悼日，紀念在阿拉伯人挑起的戰爭及恐怖攻擊中喪命的猶太軍民。學校把猶太追悼日和阿拉伯災難日的活動合併舉行，因為雙方的共同點是『失去』，心緒相近，就有共同的話題。首先阿拉伯和猶太學生分別參加自己人的儀式，有少數學生選擇也參加對方的活動。接著是在校生、畢業生、老師、家長聚在一起『分擔傷痛』。雙方父母各有機會敘述自己的『失去』，最後由老師談『未來』。雙方的共同未來就是不讓類似事件再度發生。」「那麼大屠殺紀念日呢？」日本先生接著問。「必定是雙方一同參加，也一起去大屠殺紀念館。這不僅是猶太人的大災難，也是全人類都必須徹底了解的大事件。不是嗎？」娜亞答。

可惜的是，巴以議題的難處就在於，同樣的傷害，多年來不斷重複發生。雙語學校除了要面對在一般學生身上原本就會發生的問題之外，最大的挑戰是，七十多年來巴以無解問題的部份關係人天天生活在一起，他們平時的和樂彰顯出國際政治角力並不直接影響市井小民的日常。然而活生生的戰爭衝突與恐怖攻擊事件，即使不是親身經歷，也必定對精神與情緒造成波動。娜亞說明，十四、五歲的學生開始有辯論的需要，老師們的設計是，兩個族群站在對立面進行辯論；也就是，猶太學生以阿拉伯學生的身份辯駁阿拉伯學生以猶太學生身份所做的攻防。這讓雙方徹底了解彼此的論點依據、身心對於衝擊的反應以及後續的影響。另外，有時校外遠足的地點正是攻擊或戰事的發生地，以便實際了解當初的情形。當然也安排學生訪問倖存者。

娜亞原本邀集兩個較高年級的學生受訪，我們到達兩個小時之後才見到其中之一的尹芭爾。

尹芭爾自四歲至十七歲都在雙語校就讀，也即將畢業，由她講述在特殊學校接受教育的心情回顧，相當有意義。她說：「我們在小學時的歷史課程是世界史，中學時則以各自的母語談論對共同歷史的不同解讀。當我們發現，以色列和巴勒斯坦雙方的政治人物選擇對自己有利的歷史片段並加以強調、放大時，我們學生就是可以對事件做出批判的第三者。」「那麼畢業考呢？歷史試題怎麼做答？」我好奇地問。「必須配合教育部的要求寫答案，猶太人和阿拉伯人都一樣。我們不能像在學校裡那般自由發揮。這事，老師會特別提醒畢業生。」以色列政府要求一個官方的解答是理所當然的。因為在這個國家，除了官方解答，其他的答案正是要摧毀以色列國。一個政府當然不能容忍自我摧毀的言論和行為。對吧？思諾。但是以色列政府並不禁止，也不干涉民間的辯論和不同的詮釋。這是值得人們了解並且給予敬重的。

「在這個學校十多年，說說妳的感受吧。」尹芭爾是個言語流俐、思路清晰的女孩，我想聽聽她的評價。「我們在這學校念書的本身就已經是『與眾不同』。我們希望能改變世界。外面說，我們是在一個受保護的泡泡裡談平等、談人權，只活在夢想世界裡。但我認為，學校給了我們如何面對世界的工具！」我於是給相當有主見的尹芭爾出了一道簡題：「說說看，尹芭爾，如果妳成為現在的以色列總理，對於巴、以糾紛，妳會怎麼做？」尹芭爾有些不好意思地笑著說：「我嘛，我會馬上結束佔領！」「所以，妳是左派？」我立刻接腔。「喔，我不但是左派，甚至是極左！」正當我要問，一九六七年以色列因著自衛，並打勝，才不得不佔領加薩走廊，而且在二〇〇五年又全部撤出，卻換來哈瑪斯多年從未停歇的火箭炮攻擊。以這事實為例，如果現在從西岸撤回，她是否能保證以色列境內九百多萬人的安全？就在這節骨眼，我們談話的辦公室裡進來兩位老師，而不得不停止對尹芭爾的訪談。這讓我感到非常沮喪。

「說真的，娜亞，還有個重點我們尚未觸及。」對於答案的渴求，我顧不得應該按捺下自己的焦慮。「什麼重點呢？」娜亞微笑著問。「社會上發生攻擊事件時，比如前陣子巴勒斯坦人開車衝撞人群，或持刀刺殺完全沒有防範的個人，學校有什麼反應？學生之間有什麼狀況？」我看到一旁日本先生重重點頭，想來他也正急著要知道。「攻擊發生後，恐懼和痛恨的心緒當然會感染到學校。為了維持和諧的氣氛，就要說出這些心情讓大家知道。特別是猶太和阿拉伯老師共同教學時，事先必須有細緻的準備。他們一起討論，找出解釋以後才進入教室，以便學生發問時可以提供答案。穆斯林攻擊猶太人時，阿拉伯學生比猶太學生更加積極反對攻擊。他們認為，攻擊者的行為不符合他們對伊斯蘭的了解。」我明白，大部份穆斯林讀不懂由古阿拉伯文寫成的《古蘭經》，他們的受教大部份來自伊瑪目，也就是伊斯蘭神職人員。伊瑪目在清真寺裡的講道和在媒體上對信眾的解答，可以輕易左右一般穆斯林的價值觀。也許你會問，思諾，生活在現代社會的穆斯林不是有許多機會接觸到不同的想法和意見？不，除了少數相當西化了的，或就在西方出生的，千年來有太多太多的穆斯林一直生活在同一個泡泡裡，膽敢脫教背棄伊斯蘭的穆斯林，等待著的，往往是死亡！

「我們雙語校強調『同意彼此的不同』，每個人可說出心裡所想，也尊重不同的意見，不強迫對方接受自己的主張。」娜亞說。青少年期就能習得這一態度，當然是對人生的加惠。我個人時常自問的是，有哪些學校或哪些課程教導人，在尊重這個、尊重那個之後，實際做決定並負起責任？尊重是一回事，做決定並負責，又是另一回事了。

「那麼兵役呢？學生怎麼看待？因為以色列士兵的敵人正是另一群同胞的族人，也就是，約旦河西岸及加薩走廊激進的巴勒斯坦阿拉伯人正是阿拉伯裔以色列人的同族人，不是嗎？」我提出的是相當敏感的問題，卻無法避免。「沒錯！」娜亞爽快地回答，「學生大約十六歲開始面對這議題，因為十八歲起，也就是高中畢業後，猶太學生要服役，阿拉伯學生不需要，也因此，如果願意繼續深造，阿拉伯學生比猶太學生早上大學、早畢業、早進入職場。阿拉伯學生當然不願自己的猶太同學在某種情況之下，殺阿拉伯人，或被阿拉伯人殺。由於曾經有過猶太同學，阿拉伯學生較能感知猶太軍人也是人，而不是殺人的機器。」

曾經在一個夜裡，猶太激進份子縱火位於耶路撒冷的雙語學校，校方以為沒人再敢送自己的子女來上學。豈料第二天早上，學生幾乎全部出席！這些學生的家長是勇敢的，也值得人尊敬並效法。他們把終止紛爭的希冀化為實際行動並宣告世人，猶太人與阿拉伯人不但可以共同生活，也願意彼此向對方學習，這真是珍貴無比。一把火不但燒出老師、學生與家長更堅定的決心，學校更受到世界各國的嘉許和鼓勵。這就是對激進份子最大的反擊。還有，因著學校活動的激發，共同學習的模式也運用到社區居民身上，越來越多的猶太人和阿拉伯人共組社團，共同參與公共事務。這是我後來才知道的。

雙語校無疑是成功的，但是能夠到這學校上課孩子的家長應該有較高的收入、較高學歷、較開放的心胸。以色列國內的挑戰之一不在於族群本身，而是族群素質的高低，以及不清楚西岸和加薩人到底怎麼想。成功的雙語學校是否已經自問，如何讓學生「尊重」巴勒斯坦在歷史、地理教科書上完全沒有以色列的事實？是否已經自問如何讓學生「尊重」伊瑪目在清真寺裡傳播猶太人是豬、是猴的講道？學生們的多元與開放只存在於校園裡嗎？一旦出了校門，他們知道如何面對低素質及激進的族群嗎？可惜，這些我都沒機會問了。

天，思諾，我怎麼一下子談了這麼多呢？你還願意聽下去嗎？讓我再點根菸吧。

以色列和巴勒斯坦的議題應該對你很陌生，我明白。但是，你不認為透過了解原先自己不懂的事務可以學習很多嗎？乍看來，巴以問題和我們不相干，事實上，他們的紛爭，不論是過去或者是現在，戮、纏、擾、疑、詭、欺、絕、詐、狠，所有人間爭鬥的不堪、決絕與淒慘，無不在其中。對於熟悉的，我們容易大意而受到矇騙，並且主觀得理直氣壯；也因為懂，而不願設想可能有的例外與意外。面對陌生時，我們反而容易謙遜，而謙遜往往讓人客觀。從何時開始關注這發生在遙遠沙漠上的大死結，我早已記不得。只知道，越深入就越著迷，也越痛恨。著迷的是它的精彩，痛恨的是它的虛弱。巴以問題的核心就在於，巴勒斯坦地的阿拉伯人不承認以色列的存在。單單這一思想上的死節，就足以衍生巨大而繁複並且拖延幾個世代的災難以及無盡的利益糾葛。解決方法，不過轉念而已。說到轉念，伊斯蘭必須經過啟蒙，必須停止嫉妒猶太人的成功，進而去除不必要的自卑。

對了，還記得先前提過的那個巴勒斯坦計程車司機哈米嗎？有一次下課後請他到希伯來大學接我。老儀式，我們又去喝咖啡，他仍是搶著付錢。哈米告訴我，四個太太中他最喜歡第三個。他帶三太太去慕尼黑旅行，第一和第二個太太很不高興，所以他讓她們兩人結伴去摩洛哥。那時的哈米仍是一貫地開懷和滿足，好像他從未有過煩惱，將來也不會有麻煩一樣。但最近的一次見面，就完全變了樣了。

又是在冬季到達耶路撒冷。又打電話給哈米。他又是很快地來了。那天確實寒，倒是風不大。哈米和我打招呼，卻是失去了往日的熱情。上了他的車，哈米出奇地靜默。我不好一見面就問得太多。車子轉了轉，最後停在一家速食店前面。哈米要我先下車，他自己去找停車位。這店分兩部份。前段人多，頂吵！不論猶太或阿拉伯，他們都是安靜不下來的民族。不安靜表現在言語上就是快速而大聲，表現在肢體上就是熱情並搶著幫忙。店的後半是一條長廊，只能擺得下幾桌雙人座。約十分鐘後哈米進來了，眼睛卻死盯著手機。原本他總是問我想吃什麼、喝什麼，這次他似乎感覺不到我的存在，只是不斷地收訊或急切地說話。我問了他幾次要什麼咖啡，「隨便」終於是他快速而唯一的回應。我鑽進人群中，好一陣子之後，小心翼翼地端著咖啡鑽出人群。希伯來語、阿拉伯語、男聲、女聲，在耳邊倏倏飛過。回到座位，哈米正講電話，我耐心等著。咖啡喝了一半，哈米才有機會放下電話。他幽幽地說：「我有大麻煩了！」哈米努力比劃著手勢，我努力地拼湊他的言語和表情。原來是，哈米決定退租住了許久的房子，自己蓋一棟三樓房。他四處借錢，也賣掉了ＳＵＶ。蓋建早已動工，並且進行了大半。現在突然有人舉報他蓋的是違建！四個岳家齊聲責備他太過大意，兩個太太吵著要離婚，他最喜歡的三太太就在其中，她也威脅要把孩子帶走。哈米說，一定是鄰居一個老女人去舉報的，出於嫉妒。他又說，整件事情最惡毒的是，等到房子蓋了一半才去報官，實在太狠了！哈米又愁、又急、又恨。這事確實不容易善了，特別是有那麼一大家子要他扛！那天我們在紛亂中彼此匆匆告辭。不知道他現在過得如何？

唉，我是被下蠱了，思諾，對於巴以議題我真是無休止地著迷。

不只是哈米，在我們這裡不也同樣，居住從來就不是件簡單的事情，要擁有自己的住房更是難上加難。我和魏琳結婚十多年後買下現在的三房一廳，當初還靠她娘家的幫忙才付得起頭期款。如果以一平方公尺的建材為單位計算，加上管線配置和隔間設計，這些費用和實際繳納的房價之間有多少差距，不知道是否有人結算過？問題就在於，房子的售價必定夾雜太多社會性的考量；方便、機能、區域展望，把過去發生的，現在正有的，以及未來可能會出現的，全都加在房價上，買房子之於人生就成了一個沒人喜歡卻又不得不簽下的大賭注。

有一次和楊老師走過開會地點旁邊市場的一條巷子，他突然指著一間房子說：「信不信，這間三層樓的要賣一千多萬！」那房子一樓的門開著，我快快投上一瞥；通常是當做客廳的空間，暗沉沉的，不但是蓋建格局讓它顯得暗，座落在巷子內、窄路旁，更不容易捕捉陽光。之後，我本能地抬頭看看那獨棟獨戶的透天厝。正如許多別的房子一樣，這屋的所有窗子緊閉，運轉著的冷氣機正滴著水。屋的外牆是一道道水和灰塵相交混合的痕跡，活像是畫了眼線的女人正在哭泣。很可以想像的是，這樓房所有中間和後段的房間與空間都是陰暗的，而有窗的前段也只能透進有限的陽光。隔壁鄰居屋前有個麵攤子。我猜測，只開了一半的鐵門內應該有幾張可讓人坐著吃麵配小菜的木桌椅。再隔壁是個機車修理店，地面上有一大片污漬，一個男人正拿著上沿缺了一塊的，污黑得幾乎看不出原色的粉紅塑膠盆給機車放油。這一排都是三樓透天，怕不有三十年以上的屋齡，而且都看起來令人感到厭惡，竟然每間要價一千多萬！這是虛擬的，喊出來的價錢，實際的價值呢？人們當真就這麼肆無忌憚地騙人，也願意自欺欺人地被騙？

這個社會的買房議題是文化慣性趨動後的結果。不論大小，不管新舊，人生的意義就是要爭取有房子在自己名下。至於品質？沒有品質！三層樓的老舊陰暗房子能開出令人咋舌的價錢，是因為位於市場旁，生活機能好也方便開店做生意，做那種不需要繳稅的生意。買房是沒有起跑點也不需要發號施令的全民無底線運動。人生的三大階段就是讀書、買房、養老，貫穿其中的是出國旅遊、吃美食、喝咖啡。雖然說得刻薄些，但我不認為過於偏離。讀書是為了買房，買房是為了養老，這是人人認可、目標齊一的美麗與幸福。

房價似乎不在物價與民生的計算範圍之內，是個獨尊的領域，如果波動，也幾乎只往上漲。只上不下曲線所顯示的內在具體操作，人人咒罵，卻也人人參與。全力衝刺後買下住房，下一步思考的是如何在十年、二十年後再出售，而且必須是划算地再出售。當買與賣之間只剩下旅遊與咖啡時，房子就只會越住越舊，越舊越爛。也無妨，因為一開始買房就已是賣舊買新的第一步驟。於是老舊醜陋的房子集中在某幾區，讓較低收入者努力半生去撿拾，有能力購得新區的光鮮房就是第二次的成功人生。如此循環不已，土地越來越少，買新房棄舊屋卻永不停止；而整批舊屋拆除重建的速度不能回應需求，所以才能房子住舊了還可以不虧反賺地搬住新屋：這不是病態，是什麼？

在這階段性購屋和不虧反賺住新屋的現象背後，正是把年輕人熱情磨滅，只想勝利購屋，卻不敢或不願放開手腳尋找他種人生的殘廢現實。有些人甚至過勞、憂鬱，在勝利新屋裡爭吵、怨恨、負債、體弱地渡過一生。

除了棄舊屋追新屋的文化傳統之外，人們似乎還有種房屋遺傳病，也就是，通常只在房屋機能或結構敗壞，或者是嚴重妨礙正常生活時，才會請人修繕。人人知道買車要養車，卻極少人用心於買房也應該要養房。因著我們的氣候，在建材上原本就更需要考究，可是建商卻會因此而發不了橫財，而小人物們也只會更加痛切隱忍，如果再加上用完即丟的習慣，有誰願意存錢而每隔一段時間重新粉刷裝修自己日夜操勞，四處借貸，好不容易才拼來的四面牆一片地？如果淺木色地板、開放空間、鵝黃燈光、大片玻璃窗，令人感覺舒暢，願意久留，為什麼許多人家裡是深藍黑的大理石地板、深棕色櫥櫃、暗色沙發、大面積的奇形原木桌，加上右牆角的腳踏車，以及披在左牆角眾多空盒子上再也收不進衣櫥裡的衣物呢？許多人以為換間大點的房子就好，有誰想到，從地攤上或大賣場裡買來的，不一定需要的便宜貨，其實是房子的癌細胞？

適切的好品質居所實在太重要，因為它能安頓人的身心。可惜我們對房子的瘋狂追求，除了是身份象徵之外，也把房子看成是可投資的商品，所以對待房子的態度和房子之於人的意義，兩者之間差距實在太大。

許多公寓大樓的公設比例太高，除了滿足淺薄的奢華感，沒有實質的意義，不如修改建築規章，強迫預留儲物間，可供堆疊一時用不上的雜物，讓住房變得整潔舒適，讓人們願意回家而不需要長時間在外駐留，也或許可因此而節省能源。我對儲物間的嚮往必須歸功於家裡兩個女人的造就。城裡人能最快找到的慵懶休閒似乎就是逛。逛街、逛地攤、逛市場、逛百貨公司，以及逛完之後的薄小收獲和短暫的愉悅。喜愛又付得起的物件，以能想儘想的藉口說服自己買下，我的女人們就是這麼滿足的。我們的住房也就這麼堆積了丟掉可惜卻不一定用得上的，而且不太貴的物品。幾個中型的填充動物、不再使用的瑜伽球、輕便卻搖晃不實用的小櫃子、大得讓人發汗的椅墊等等，佔據了生活空間的不同角落。天天走過卻步步避開，就連是否送人、是否扔掉都懶得設想。這就逼迫我滋生擁有安寧、清淨、較大空間的念頭。我想租房。我想在鄉間租房。我想在鄉間租一個給自己的房！

我四處請託也自己留意。租房，也容易，也困難。我太明白，從心想到計劃到執行到完成之間，是把決心和毅力祭上考驗台的一連串作為。尋覓永遠是充滿刺激也承載可能出現沮喪的過程，錐心的是即便有山大的努力，仍然要背負沒有結果的拖累。正如我尋找依第的心緒起伏。

那真是奇特的一天，除了是天主的賜予之外，我實在找不到任何解釋。王詩人雖然同住一社區，卻不同棟。那天他來我們D棟看朋友，和我及魏琳在電梯中相遇。他再次感謝我主持他的新書發表會，我趁機打探他是否知道，在什麼郊區有等待出租的房子。王詩人說自己不清楚，但願意四處問問。魏琳聽到我有租房計畫，非常驚訝。我解釋著，除了我們的臥房以及女兒裳悅自己的房間之外，剩下的一間就是我們的家裡辦公室。兩張書桌加上一個大櫃子，全充塞著我們教學或各自的物品，其他的就是越來越多，越來越沉重，也越來越繁雜的日子堆積。我們不再有能力買屋，租房就成了新鮮而可以期待的了。不是我不告訴魏琳，而是找房豈止需要三天、兩個月而已？等待適合的時刻才告訴她也不遲。碰到王詩人的那天，我們正要去安養中心探望岳母，在途中，在車裡，我向魏琳提出我的計畫，她很快接受了我想要有的改變。魏琳向來明理，不繞不需要的大圈子。和她一起生活，從來就是我的幸運。也許不干涉彼此才是真正的幸運。有趣的是，一起生活越久的夫妻，越要避開某些話題，因為知道將會引發什麼後果，也因此就可能對彼此更加不誠實。

初夏的交託，秋末便有了眉目。王詩人岳父的結拜兄弟有間空出來的房子，原本是他女兒一家的住處，他們往南搬遷後便空了出來。老先生不捨得賣掉祖產，翻修後就空著了，他只偶爾去開窗、開門，讓房子能暢快呼吸一陣。房子如花，需要照顧，更需要陽光與空氣，免得潮了、腐了、壞了。要到達老先生的平房，車行約四十分鐘，只要先經過惹人厭的一小段高速公路，其餘便是平整又車少的一般公路。直行約十分鐘，看到西瓜攤時必須向右先駛入一段叉路，接著是下行的大轉彎，再斜叉一小路就到了房子的前庭。從轉彎到叉口有如私人路段，平時不會有人來。平房獨立，沒有鄰舍；一半由彎路的灰白高牆環繞，另一半開放給遠處的原生樹叢和高枝野花。幾棟樓在視線的盡頭矗立。老先生說，他會找人收拾屋前的雜草，鋪上草坪，並且保留兩棵成蔭的大樹。我只需要自付水電費，幫他看房即可。滿頭白髮、身體健朗的老先生又說：「城裡的房子可請鄰居看頭看尾，鄉下地方誰有興趣來？現在有你在這裡，我去加拿大看孩子、孫子的時候，就放心多了。」所以我就有了週末、假日時的好去處。事實上我只需要一個大房間，也就是進門時，平常人家作為客廳使用的地方。釘釘敲敲，拼拼湊湊，自己動手的組合傢俱滿足我喜愛的格局和色彩。書籍、用品從原家的搬運也只是幾個週末的小勞動罷了。裳悅和她媽媽來看我的平房。她們轉了轉，四個大房間，除了白漆牆和花磁磚地板，真正是家徒四壁。那時候，在我最常使用的空間裡，甚至沒有她們可以坐下的適當地方。一張桌子，兩張椅子，一個書架。另一房裡只有一張床和一個櫃子。沒有電視，也少了電話。女兒問，我也給平房取個什麼居的名字嗎？「那不過是以為會名留歷史的自我膨脹陋習，我還不致於那麼迂腐吧。」這是我給女兒的回答。

我從來不知道這個生活上的小改變會帶來如許多的愉悅和滿足。隨著年歲增長，我發現自己愈加退縮。退縮到童年，甚至退縮到母親肚子裡的想像竟然讓我感動不已。那是個聽得到些許聲音又全然墨黑的場域。具體的只有自己的身體和母親的子宮，溫暖而安全。原來人在出生之前早已知道，不餓、溫暖和安全是最尖頂的美好。在暗黑的環境裡，沒有思索、不需抗拒、退除掩蓋、剝下面具，一個沒有我的我，多麼令我羨慕。除了光線之外，這平房也許就是母親的子宮，卻勝於子宮，因為它更寬大許多。心靈需要空間，需要無形的、腦清的空間。肢體也需要空間，只是我從來不知道，在平日的生活裡，肢體對於空間的需求竟是如此巨大。我在人生中的抗拒和忿怒一直死鎖在心底，一旦到了平房，增大了許多的空間似乎釋放了心中古老卻永不退卻的反抗與叛逆，我頓時變得柔軟而輕盈。空間的擁擠和心靈的自在永遠站在對立面。我的退縮並不代表我沒有朋友。正相反，我確實有幾個存在世上某些角落的好朋友，只是他們不認識我。我也有幾個朋友，即使刻意，也不可能找得到了，因為他們早已不在人間。無論存在不存在，我的朋友們全都是因著我曾讀過他們的書而認識、而成為知己。無論在世或離世，他們全都幻化成極其細微的顆粒精靈，佈滿我的全身全心，既不能抖甩更不能驅散。

姻緣可以選擇，血緣無從預定。這，你當然也明白，思諾。人們可以挑三撿四地擇友、交友，家人卻是早已注定而且不能抹去、不能塗改的一群人。從小鎮搬到城裡之後，爸爸仍然開了布店，媽媽當然死守著他，好讓他有躲避犯錯的機會。爸爸在布匹下面喘動的那一幕不斷地啃噬著我的心神，讓我無法集中注意力，時時透不過氣來。我只能更多、更久地躲到書本裡。我用一個一個的字築成一道堅實的牆，讓自己看不到、聽不到外面的風雨飄搖。一旦到了可以自主的時候，我便以最快的速度，以逃跑的姿態，頭也不回地遠離飽含猥瑣與忿怒的家。爸媽過世後，我並不和早已各自獨立的大哥、二哥更加親近。如今，大哥早已年過七十，二哥也退休多年。每年春節初三是我們三人唯一相聚的日子。見了面，寒暄過後，也就沒有話說，然後尷尬地各自散去。生活不重疊，沒什麼可談的，只是給彼此一個交代，知道對方仍然活著罷了。魏琳家也不複雜。她爸爸早年做建築，蓋了透天厝，也頗賺了一些。他猝死時，魏琳和她媽媽以及唯一的妹妹慌亂一團。後來是由我和魏琳的妹夫彼此配合，分工打點，才把喪事體面地辦完，讓日子歸回平靜。妹妹全家移民紐西蘭以後，魏琳便時常回家陪媽媽，裳悅有時也跟著去外婆家走動。岳母中風倒地時，恰巧沒人在身旁；一陣子以後才由鄰居發現，卻錯過了關鍵的治療時間，導致出院後必須二十四小時有人照顧。魏琳非常自責，但是過去不再可以是未來。把岳母送到安養中心是正確的，是對她最好的照顧。費用由出租岳母原住的房子和魏琳妹妹定期的匯款來支撐，我們這一家負責探望和處理些小事務。出錢、出力都各有貢獻的人，遺憾也就免了。日子就是這麼過的。

是嗎？日子是這麼過的嗎？為什麼我總是有那麼些不安與煩躁呢？多少年歲過去了，我才突然領悟，我的不安與煩躁，就在於我腦中有許多區塊，它們讓不同的事情佔據著，只要不去想，這些事情、這些區塊也就立即消失。但有一例外，我無法以思考甩除。那特殊的區塊非常大、非常黑、非常重、非常癢，它永遠跟隨。我似乎注定一輩子要釘牢在那區塊裡。又黑、又重、又癢的區塊逼迫我的人生必須不消停地評價並做出選擇。評價必須有基石，這基石當然不是一、兩項事物或一、兩種思想的集合體而已。這基石雖然非常複雜，在需要它時，既不需要思考，更不必搜索，只要一出手便聚攏成形。但是，如果賴以評價的基石是錯誤的呢？我怎能在錯誤的、顛簸的岩石上站得穩？接下來的問題是，我站著的岩石真的顛簸嗎？如果是，為什麼我感覺不到？還是我不願去感覺？什麼樣的岩石讓人有信心地認為它能屹立千萬年而且絕不顛簸呢？我思索良久。我，或任何人，都不可能讀盡或知盡記載或不記載的人類歷史，那麼承載評價基礎的不動磐石如何獲得？什麼法則能作為評價的不變基礎？如果別人評價的基礎，正如不同文化的自身糾纏與善變，或者和其他文化相較之後的結論可以一變再變，那麼誰又能對我，以及對我賴以評價的基石，做任何判斷呢？任何人站在顛簸的岩石上，連自己都無法自保，又如何直指他人的對與錯？所謂我對人類苦難的抄襲與消費，又怎麼能以簡單的對與錯加以區分？我不斷地批評自己，也不止息地為自己辯駁。我一路踟躕，走過這座城市最長的橋。夜晚的車燈是否萬千流螢？月光渺渺，風也似有若無。我認為自己的分析無法被顛破，因為太過真實！只是那塊驅迫我的黑，如同讓我不斷做出評價與選擇的蠕蟲，不知受了什麼滋養，怎麼從腦中拓長到身體各處，讓我全身發癢，卻又不知道應該在哪裡抓癢，因為全身都是，又全身都不是。抓了這處，卻又癢在那處。我就要抓破全身的皮膚，那癢卻又毫不停歇，如此猖狂！然而，猖狂的，不是癢的力度與深度，而是它的無處不在，卻又處處不在！如果人間沒有不動的岩石，那麼不是有些人都要和我一樣，瘋狂地抓癢嗎？我確信那大岩有鎮靜黑塊蟲的作用。但我又懷疑，究竟那岩石真實存在，還是想像的大舉發揮呢？

很抱歉，思諾，我必須向你承認，我對你說的這些，其實是對依第說的。依第是個神祕的女巫，她在我的每一處神經細胞裡安置了蠱靈，從此我只能依著她的操弄度日。她的缺席，正是我日子的凹陷。依第是個自上至下，自裡至外，讓我愛得通透的女人。也許你要問，我和她不過相處一個月，怎麼可能愛得深切。請不要懷疑。正因為時間短，才能情感深。時日一旦拉長了，情感就要變質；不是變得差，而是變得和當初以為愛情應該有的面貌相距千里；如同夫妻間的愛情必須殘酷又自然地變成親情。原本兩人的溫存，在光陰的淘洗裡，在努力埋頭過日子之後，在突然又重新看日看月看彩虹的剎那，才顫慄地發覺，維繫雙方的其實是珍貴的親情與責任，以及對於彼此存在的習慣，那種就連不再有顧忌的裸裎相向也懶得一瞥的習慣。若是要勉強燃撥當初的砰然心動，就會顯得造作而不自然，甚至因著強迫假意而辛苦萬難。但是遇上了不曾存在於任何想像中的女人，遇上了數十年難得一見的女人，因著相異於一般以及那從未有過的悸駭，蟄伏已久的情動再度被喚醒，我立即蛻變成一匹脫韁馬，那一躍而上的力道更是激昂而驚人。

啊，不是的，不是像一般人出國渡假發生一段戀情之後，回家，卻仍然想方設法延續亢奮；即使如願結婚，不久後便發覺，怎麼愛情在一夕之間都壞了、餿了，全變了味了？那是因為男人不了解，自己娶的是一個愛發脾氣的，需要人哄寵的女人，而不是一段多彩繽紛的異國情調。女人也不明白，她嫁的並非一場豪華的體貼，而是一個必須擔扛各種生活壓力的男人。然而這些並不適用在我和依第身上。我們之間所發生的是種跳躍式的承認與告白。我們在短時間內便承認彼此的相互吸引，也以各自獨有的方式向對方告白。在我們之間不存在異國情調的享受，或是獵奇中的刺激與歡愉。依第與我並不青澀。我們都是成年人，經歷累累。更好說，依第早已步入中年，我更是懸在退休的邊緣。當我們沉穩的激情翻天覆地湧動時，並不給世界留下任何負擔。

主，祢知道我的念慮與躊躇，請賜我恩寵，勇敢謙卑地面對我的殘弱與挑戰。主，請不要遺棄我，而讓我在黑暗裡痛苦地呼號。

先讓我喝口水吧，思諾，我怎麼突然感到害怕？

一隻肉眼難以察覺的小飛蟲在清澈的溪水上輕盈點過，漣漪擴散三圈、四圈之後，無息消逝。或許兩隻小飛蟲在燠燥的熱天煽起幾圈重疊的漣漪，干擾了一番魚兒們，除了終究散去，又能如何？我的生活有時是飛蟲，有時是漣漪，也有時是魚兒，雖是有些許波動，除了歸回平靜，又能如何？每天早上醒來，我是感激的。即使缺了明月，少了繁星，只要沒有大地震、沒有土石流的夜晚，生活應該是令人感動的。直到認識依第，飛蟲變成了雄鷹，漣漪化成了洪水，溫馴的魚兒一躍而成蛟龍。受到魯莽焰火的激發，一個我不認識的我翩然降世。他更勇敢、更有底氣、更有意見、更加犀利，也更令人無法忍受。我自覺是猛獅出山後的種種作為，不是做給依第看，還能做給誰看？直到這時，我也才明白過來，為什麼畢卡索畫風的轉變，往往和他的女人們有著千絲萬縷的聯結。許多人譴責畢卡索操縱、虐待他的女人們，偏偏女人又是他許多作品的主題，也是他創作不斷的泉源，更是他開創新流風最主要的注定者。男人和女人愛恨情仇的交織、爭吵和撫慰、欺騙與和好、虐待與柔情、暴力與做愛，種種極端相互加疊摻合，同時存在，彼此睥睨，正是天才能夠自外於被抄襲與模仿的神奇與無解。啊，這無解的神奇多麼堅實矛盾，多麼千年不遇！

人人讚譽的藝術家、音樂家或國際文豪本身必須是道德無瑕嗎？不一定。當人把一種情感、一種思想轉變成音符、文字或視覺作品時，其中的品味與道德都不可缺。但創作者本身並不一定擁有和他創作物相匹配的道德與品味。如果他缺乏自己創作物所具有的道德和品味，那麼他的創作物就可以彌補他本身的不足；也就是，創作者明知對錯與美醜，但由於人的軟弱或環境限制，他只能委託作品代替自己成聖。如許的不得不為，既是哀慟，也是成全。對於創作物而言，它的創作者就是它的神。創作者把創作物凍結在完美，而這完美也永不丟失，人間也才有了恆久不變的美好。會犯錯的、內心虛偽的、外表猥瑣的人創作美麗無比的、不會犯錯的、有道德蘊藏其中的作品，對於自己以及他的欣賞者都是一種救贖，都是能夠讓人離開痛苦狀況的剎那美好。作品一旦缺少欣賞者，就是僵死的、無意義的物。只有欣賞者對作品發出反應，作品才能靈動起來。欣賞者必須有能力把作品和它的創作者分開對待。缺德或少德的創作者完成好作品時，欣賞者可以批判已成了公眾人物的作者本人，但不需要糟蹋他的作品。相反，一個大好人的拙劣作品，欣賞者有義務指出，才不會玷污其他人的品味或是糟蹋美好的本身。

對不起，思諾，我不知道為什麼要和你談這些。我似乎是……，我似乎是，一旦碰觸肺腑，便要無法收拾自己了。

說是報復，自然是誇大了。但是依第這等的不聞不問，沒有反應，真是讓人難以隱忍啊！原本以為時日久了，情感淡了，事情也就如同在髮梢爭吵的風，簌簌一晃，痕跡不留。原本以為自己不過是一長條乾枯的河床，露出的灰白圓石就是我的老骨頭，而那一簇簇漫生的雜草小叢正是我烏龍杯裡的茶漬。其實我錯了！我是一座火山，六十多年來從未爆發過，現在積蓄的能量已滿，我就要噴發出濃稠滾燙的熔岩。原本代替依第說服我自己的藉口已經失效。我需要她對我有具體的期待，而不再是合理而正當的「不可能在一起」或「即使能夠不勉強地在一起，然後呢？」我讓依第按照我在紙上設置好的期望對我付出。那麼思諾，請容許我唸出這一篇吧。

那墳，簇新的。說是墳，其實倒嫌多了些，只不過是個壠起的土丘，旁邊圍著細繩，就等土木師傅砌個邊，蓋個頂，收個尾。苦主特別交代，那墓尾牆中間圓圈裡的張字得夠紅、夠蒼勁才行。前墓的姓名頭銜碑也馬虎不得，到底要洗石子的，還是安個大理石，他的家人吵了十天半個月也沒有一個結果。就連出殯那天，他父親和大伯當著眾親友的面，差點大打出手，還是他母親的哭號，才止住了就要對衝起來的兩個男人。父親認為，就這麼個兒子，雖然死得不是很體面，死後總得給家人在這村子裡有個維持他張家原本就體面的理由。大伯卻不這麼想，說是躺在地底的他，年紀輕輕，為個無依無靠，也不知道從哪兒冒出來的小女人丟了命，怎麼也不配有個好墳，死不安寧，也是應得。

這麼個送葬隊伍，嗩吶、椰胡、小鈸、堂鼓的，節奏散亂，走音走調，加上女人咿咿唔唔的哭聲，惹得蠅蟲也要煩躁起來。這些人，又拜、又叩、上香、上飯、免不了也要兩個出家人誦經、安魂。大熱天，折騰了一個多小時，隊伍才又往回走，而且安靜了些，留下頭戴斗笠，脖子上圍著溼毛巾的墳地工人繼續劃土、砌磚，要給那人蓋個新厝。

她在遠處的一棵龍眼樹後躲著，心，怎一個碎字了得。她眼睜睜地看著棺木是怎麼吊放到地底的。是啊，那個在陽光下刺人眼目的橘紅色木柩內躺著一個她的人，按照風水師的交代，下穴時，頭腳都要對得準、擺得正才行。

她的嚎啕那麼地靜默，她的錐心刺骨那麼地雲淡風輕，她的不捨那麼地撒手揮袖。溽暑的日子，她一身冰寒。

怎麼回家來，也不去記憶。她把自己洗淨，換上白衣白裙白襪白鞋，梳妝了長溜的黑辮子，安靜地坐在木桌前，拿出右邊抽屜裡的白紙，她開始幸福地寫信。寫一陣，痴笑一陣，再寫一陣，再痴笑一陣。然後輕輕折起，放入白色信封內。

那小爐就和墳一般新。啪一聲，點上了火，白信就在小爐懷裡燒了個黑，連煙也不留一陣。她望著發暈，緩緩起身，再拿出抽屜裡的白紙，再幸福地寫信。寫一陣，痴笑一陣，再寫一陣，再痴笑一陣。然後輕輕折起，放入信封內。長白的信封，中間紅框內寫上「景衣若小姐收」，左邊寄件人處，是「內詳」兩個字，紅框右邊的收件人住址處，寫著「上河村寶淀里寶慶路二十三巷十五號」。然後，她出了門，把信拿到郵局寄了，心也安了。

兩天後她收到了一封信。拆開來，讀了。她微笑著把信收入信封，把信封放入左邊抽屜裡。她從右邊抽屜裡拿出白紙，開始幸福地寫信。寫一陣，痴笑一陣，再寫一陣，再痴笑一陣。然後輕輕折起，放入白色信封內。小爐還是新，上了火的白信，片刻不留地在她眼前一陣黑，像無夢的眠。她起身，再拿出抽屜裡的白紙，再幸福地寫信。同樣的收件人，同樣的收件地址，同樣地去郵局寄信，也同樣地放心安靜。

寫信、燒信、寄信、等信、讀信……日子過老了，辮子長累了，白衣白裙白襪洗黃了。在一個大雨滂沱疾風呼嘯的夜裡，她拖著一身的泥濘，去了不新的墳。帶著沉默的哀號，她單薄一身撲倒在大理石碑前，發銀光的閃電不住地照耀著她纖細的手指，一遍遍畫過碑上深凹的字：庚申年生，癸未年逝，張正棠。她一聲聲悠長地呼喚那只度過二十三個寒暑男子的名，寸斷肝腸……

怎麼回家來，也不去記憶。她把自己洗淨，換上白衣白裙白襪白鞋，梳妝了長溜的黑辮子，把疊滿抽屜及兩個大布袋的信全拿了出來。她讀一封，貼一封，就從她搆得著屋子的最高處開始。牆貼滿了，櫥子貼滿了，床鋪桌椅貼滿了；貼上窗時，她看到自己的淚和打在窗上的雨，相互交疊，涓涓淌下。

窗子貼滿了，地上貼滿了，她把白信往自己白色的身子上貼。還剩幾封就歸那爐子吧。點火不過一眨眼，焰光通紅，所有的白都成了無夢的黑。

雨勢大，只燒了一間屋。第二天早晨，圍站了一圈人。屋子燒得俐落，就只剩了個「寶慶路二十三巷十五號」的住址鐵牌。鐵牌上仍殘留著幾顆雨水，在風裡，將滴未滴……

我所教的文學班裡的學員都認為我太過殘忍。女學員說，我把日本美發展到極致，卻讓人身心顫慄。男學員說，原來文字可以編織如此瞞天大謊，世間不可能有如此痴情的女人。無論怎麼說，我不但要復興古典，更要依第為我殉情，對我做出最隆重、最煎熬的賠償。這一小篇文字對我意義重大，雖然這重大只能隱閉地在我心裡發酵。故事寫完了，在對我自己有所交代的同時，我似乎也或多或少地原諒了依第。我拿起一把大剪刀，狠狠地把對於在莊園裡發生的所有記憶，一刀刀地剪成碎片；如同從未去過莊園，如同我未曾遇到過依第。至於看過這篇懲罰依第假借文的讀者，過些日子，也許他們還記得這個故事，也許他們早已忘記。

小文發表後約一年吧，我突然接到編輯通知，有個電影製片對這故事頗感興趣，有意和我見面談談。在晚餐桌旁，我把這事說了說。魏琳和裳悅竟然興奮得顧不得吃飯，催促我要把原文給她們看。寫了半輩子的文字，現在她們終於對我生命中的另一種負擔表現出青睞。魏琳看後不發一言，她只皺著眉，離奇地投看我一眼。裳悅看後，說：「爸，我不認識你了！」

文學，我是喜愛的，卻有時令我厭惡。我厭惡它的不斷循環與圍繞，也厭惡它的嘮叨和不利索，更厭惡它以讓人神傷的方式展現或真或假的不誠實。文學願意是人，但它不是人，而是另一種存在；一種無論怎麼複雜、怎麼殘酷、怎麼刁鑽，都不比上人的一種存在。文學希望活得比人出色，卻永遠只是人的影子、人的附庸。文學只不過是人為了自我表現所使用的工具罷了。正如藝術、音樂、舞蹈等等其他表達所衍生出來的任何存在，也都只是人的工具。人是心志暴露狂，所以他需要託借工具暴露自己，而這個被暴露的自己必須比別人登上更高的階梯，才是人生的滿足與完整。早上、晚上在公園裡練習扇舞、氣功的女人們，除了照顧健康和身材，又何嘗不是希望讓其他人看到？特別是讓認識她們的人看到？氣功是這些女人們的工具，畫筆是畢卡索的工具，音符是拉赫曼尼諾夫的工具，舞蹈是紐瑞耶夫的工具，抽屜裡的紙筆是我的工具。我們的心思和公園裡的氣功女人一樣，只是工具不同，手段相異罷了。我們的工具花俏不一而且變化多端，我們的手段具有傳播性，可以達到地極。女人們在公園裡驕傲，我們環繞著地球越來越驕傲，以為可以帶起風潮，可以教導我們的欣賞者，以為可以指點天地。於是我們為自己設下教育人類、使世界變得更美好的框架，並且養大喜歡限制人心自由的幽靈。我們越成功，幽靈越加猖狂操控，直到我們成了一心一意教人應該怎麼思考的魔獸。嗚呼哀哉！

千禧影業藏身在人間，卻是對天空大方開放。那是一棟位於新區的超高樓。樓前的大廣場鋪著白磚，人在上面走著走著，久了，就會染成都會中的灰白，不再有自己的色彩。從正門走進是個高起的花壇，繁花環繞噴水池，撲面的水氣讓人涼爽。地面層看不到任何標識或廣告。如果不是因著花壇的巨大、高聳，很容易讓人誤以為是中古歐洲大戶人家的宅院。噴池四邊各有一個拱形出入口，我挑了一個走近，才看到牆上一塊精緻白色看板上各個公司的標誌和名稱。按著指示，我必須走到斜對面稱為西京的那棟樓。穿過拱門進入西京，左右各有四部金色電梯。週六下午，上班的人不多。電梯停在第二十七樓，門一開，對面白色高牆上立刻飛出千禧兩字大草體。右轉進入的廊道相當長，挑高天花板上一直排的白燈明亮而溫和。走廊兩旁是關著門的辦公室，光是會議室就有三間。左邊凹進去的是不設門的鵝黃色廚房，除了小烤箱和咖啡機，還有個大冰箱。秦製片的辦公室在廊底右側。我敲門進去，看見一名中年男子正在他的筆電上飛快地打字。我們握了手，笑了笑，彼此禮貌地問候幾句。正當我坐下時，快速瞄了房間一眼才發覺，這房裡陳設的基調和我在平房的自組傢俱相似，和電梯前豪邁地衝著人飛來的千禧兩字並不匹配。

秦年的語言不轉彎、不打結。他說，不久前什麼人把我寫的小故事給看後，他愛不釋手，立即施壓股東非拍出這片子不可。他說，正因為現在的社會找不到這種愛情，所以他更要拍出這種愛情。此外，這篇故事還牽扯出兩大主題，一個是排外，另一個是階級。秦年問，我如何在這幾分鐘就可讀完的小文裡，技巧地放入這些重大的議題。我只是聳聳肩，朝他笑一笑；心想，愛情是我刁鑽的報復，其他的排外與階級不都是人之常情？這些自古就追著庸俗靈魂奔跑的野鬼，人還能怎麼逃？秦年希望我能多加上些細節；例如，兩人認識的背景與場景，兩人交往的背景與場景。兩人的身世可以一邊輕、一邊重，或兩邊都輕、兩邊都重。「你們這些寫字的人，天生就特別會憑空想像。把沒有想成有，把有想成沒有。會造神，也會造鬼。」秦年邊說邊看著我交疊的兩隻牛仔褲長腿，似乎正快快思考著怎麼表達自己才正確。也許他沒說的是，他應該怎麼講才能說服我，才能給我留下印象。接著他告訴我，千禧有幾個編劇儲備，我交稿後，編劇也許需要和我談談對話內容和風格。等到男女主角有了眉目，還需要我和導演做最後的敲定。開拍之前有許多細瑣的籌備工作和人員調度，秦年希望接下來至少半年時間，我能夠和他們密切配合。最後他需要我一週內答覆是否接受這個議案，以便他能進行下一步。

走出高樓，腦中迴盪著秦年的話語。看得出他的誠懇，也感受得到他對我那小文的喜愛。對故事增加些細節，不見得困難。只要獨自坐著想半小時，或到住家附近公園走兩圈，事情就成了。我似乎沒有拒絕秦年的理由。要是他認為把故事改編成電影能賺到錢，我當然預祝他一切順利。

週六下午的鬧區，我沒開車來是正確的。裳悅教我怎麼搭地鐵去來，我試做以後一點也不感到困難。上、下地鐵站各有兩座長長的手扶梯，滿滿是人。手扶梯之間是寬大的一般樓梯，上上下下也有許多人。我登上扶梯徐徐往下，前方是巨大的動態看板，賣運動鞋的，賣時尚衣服的，還有自助火鍋餐廳、公益廣告和許多的其他，各自停頓幾秒之後就必須讓渡給另一個商家招搖。看板下是往來人潮，他們看著、逛著不同的店面。我從未到過這一新區，看著看著，覺得有趣，也不急著思考和秦年的約定，只是輕鬆地享受人間。左手邊上行的兩座扶梯也滿載著出站的人群。他們大都自然而然地往上斜看，如同站在操場上的學生正看著遠處冉冉上升的國旗。隨後，我突然看到……。是她？是她嗎？是她！我突然看到依第！沒錯，是依第！她仍穿著那件紅色洋裝，只是剪短了頭髮。我聽到自己叫她，只是我的聲音必須和各方來的，也許是過於大聲的音樂，也許是在巨大空間裡聲音互相撞擊所產生的噪音競爭。依第沒聽到，倒是周遭的人以奇怪的表情看著我。就在這時，我不但借過、借過地吵鬧，更開始魯莽起來。我左碰右撞地搶著跑下扶梯，立刻轉彎企圖跑上隔鄰上行的扶梯。顧不得自己的粗暴無禮，我心裡只有一個想法，四年前我無端失去依第，現在我不允許自己再失去她！我焦急無比地跑上扶梯，撞上多少人也不在乎。好不容易終於上到梯頂……，依第不見了！我急切切地把自己往左往右地拋擲出去。人們只看到一個背著黑色背包，穿著牛仔褲的老男人瘋狂地在地鐵站外來回奔跑。他們不明白，我是向著眼力所及的所有紅色跑去，卻什麼都不是。瞬間想起，依第曾提過，她通常開一部紅白相間的MINI車。我順手抓住一個年輕人的膀臂，喘著大氣地問他，最近的停車場在哪裡？他反問我，是商圈裡的，還是公共的停車場？

我絕望地蹲縮在一根高聳的路燈旁。我看著那麼多的行人和車輛，卻感覺身在西奈半島的大漠上。我耳邊呼湧著一陣陣聲響的波動，卻什麼也聽不清楚。究竟在路燈旁蹲了多久，又在路邊坐了多久，全都不知道，全都不重要。我的小文用來報復依第，她卻以第二次無聲無息的消失對我反報復。這是天意，是天主對我的懲罰。於是我的恐懼悄悄在心裡滋長，在心底生根。恐懼有兩條根莖，一條是當初我不該對依第動情，另一條是，我不該對她報復。動情和報復之間不需要存在著邏輯。我必須像植物一般地活著，只隨風搖，不會吱聲。接著我責怪秦年。我責怪他為什麼在那個時間、那個地點和我約見；也責怪，為什麼我們不多談幾句或少談幾句，以便錯開那該死的瞬間。我更責怪自己，為什麼在下行的扶梯上不把視線停留在前方、下方，而偏要轉頭向左邊望去。但是我不敢責怪天主，還是，我正小心地輕輕責怪祂？

　　家裡的女人們問我和電影公司談得如何。我嘟囔兩句便開車去平房。我的身體發熱，頭腦發漲。我需要躲起來，讓自己冷卻下來。我開始強迫自己相信，扶梯上的女人不是依第。我甚至說出聲來讓自己的耳朵聽見：她不是依第，她不是依第……

　　就在車子轉上高速公路時，我又看到遠處那棟高樓。我頓時明白，看過無數次的那樓原來是千禧影業的所在處。離樓不遠，就是四方交會的地鐵轉運大站。我手握方向盤，心裡突然一個大轉彎，那是依第，確實是她！我要去等她！我要在同一時間、同一地點等她！

　　我有千百個設想。我想像會在哪裡見到依第。在扶梯口？在扶梯尾？還是就在扶梯上離我兩階的地方？見面時，第一句話我要說什麼？她會說什麼？四年過去了，我的頭髮更花白了，我臉上的皺紋更多也更深了。依第還認得我嗎？我像個將要初上台的演員，不斷地排練，卻是一次次笨拙地忘詞。我在下一個週六到大轉運站的四座扶梯處，從三點等到六點。我在下下個週六，在大轉運站的四座扶梯處，從三點等到六點。我在下下下個週六去大轉運站的四座扶梯處，從三點等到六點。除了等待依第，所有的事都不是正經事。學校被我敷衍了，家裡讓我忽略了。秦年的祕書幾次打來電話，我總覺得是打擾；雖然明白知道，是我自己壞了約定。一個月過去了，我在等一場空嗎？還是一場空正等著我？

等待原本是種折磨。別人的等待包裹著美麗的期望，我的等待卻是沒有盡頭的明知不可而為。我從很熱的天，等到不再是那麼熱的天。我的身子乏了，我的腳步慢了。我開始自問，還要再來嗎？還要繼續這場孩子般的遊戲嗎？接下來的那個週六，我舉著沉重的腳踏上扶梯，就要帶著落空的難過再度離開時……突然！啊，天！我僵住了！我看錯了嗎？不！直到吸進一口氣，我才發現，太大的驚嚇讓我不自覺地摒息了一小陣子。我停頓在扶梯口，擋住了其他人的行進。人們幾次撞了我，我仍然一動不動地要確認，我的眼和我的心真正有了同一指望。

她正專心讀著廣告牆上一個講座的介紹文。我緩慢地移動。我走近她。站在她身後。人們往來熙攘，她沒發覺。我旋了一步，站在她身旁。她轉過頭來，張大了眼。她轉過身來。她看看我，看看旁邊，看看地上，又抬頭看看我，輕蹙著眉，輕聲地說：「你怎麼在這裡？」就在那一瞬間，我說不出一個字。如同從一場陰暗沉重的睡夢裡醒來，我必須先確認自己身在何處。

我左肩掛了個背包。依第的右肩上是一個全白色，比一般更大的背袋。我們一起在長長的走廊上長長地走著。往來行人倉促的步伐映照出我們行走的緩慢。我們之間含蓄著一時之間不知道該說什麼的，情緒上尷尬的緩慢。我太難感覺此刻的依第。對於我，她是那麼地熟悉，卻又極度陌生。熟悉，是因為她早已住進我身體內，了解我的生息和所有的思緒。陌生，是因為這個應該已經成為我的精靈竟然以讓人狂喜的姿態穿透出我的身心，以真人實體出現在我面前而讓我不知所以，手足無措。

「妳把頭髮剪短了。也好看。」是我近幾年來對真實依第所說的第一句話。我把頑童架在小溪中的水閘移去，涓涓溪水才能再緩緩靜流。依第以她一貫的高貴、優雅和我說上了話。原來她的瑜伽課就在附近，週六下午是上課的時間。過去將近三個月依第又旅行去了，所以我才一次次地空等。現在煎熬結束了，我是那麼地快樂又歡愉。天主對我真好，祂讓我失而復得。祂讓我有機會顫抖著雙手捧著晶亮的明珠在胸前端視、珍惜。我不敢問依第為什麼不回我電郵。我不能讓美好的重逢遭遇到錐心過往的污染。我害怕真實的理由會讓我難以承受。現在依第接受我，她似乎不曾離棄我。那愚蠢的四年，滾吧，我不再向它們追究。

雖然我拖延很久才回覆秦年，卻也同時把稿子交上了；現在只管他下一次的通知即可。也就從那時開始，我的生活就再度像翻書那般，快慢有序地翻過一頁又一頁。家裡、學校的日常之外，偶爾也有短期文學課或是出版社的小事情。我和依第的不定期見面如同在畫布上隨意潑灑了色彩，繽紛而無拘。我給依第介紹了平房，她看著有趣；因為她從來不曾感覺足夠空間對人的作用，因為她就生活在一個大空間裡，甚至太大，大得她不知道如何擺放自己才能讓空間不那麼寂寥。我把平房藏鑰匙的鐵窗凹槽給依第看，只要她覺得不知道怎麼填充家裡的空間，隨時可來平房把自己擁擠一番。架子上的書可以隨意翻閱，桌子上或抽屜裡的亂也可看也可不看。這一再見依第的天意讓我恐懼。我恐懼天意的太過美好，更恐懼它是否會突然消失。

對了，思諾，你知道我那時有多麼快樂得老來俏嗎？你聽聽吧：

女人總是有些新點子讓自己顯得與眾不同，比如在吃食、打扮的事情，甚至對談吐語氣的特殊處理，她都能圓融地同時兼顧。

那天一早，女人醒來心情大好。雙手打開兩扇門的大衣櫥，把一排衣服從左至右細細慢地看一遍，再巡了回去。她決定穿件俏麗的小短裙，就在這種全體女人都穿長褲的時代裡。這小短裙其實不長不短，雖是膝蓋以上，距離伸展台中央架在兩枝竹竿腿上公認的迷你裙，還差了好幾公分。而這幾公分正是色情與性感的分野。輕佻的女人只有輕佻的男人才看得上眼，成熟而迷人的男人才對得上她的胃口，所以，她怎能不懂如何成熟而迷人地打扮？

這裙的質料輕薄如羽翼，花花草草圍了一圈又一圈，舒適自在地圓在腰際，既不覺得悶氣累贅而且透明不了，配上象牙色蕾絲襯衫，正是對這種夏豔豔日子最好的詮釋。

女人不急不徐地帶上白色大門，瞥眼看見門口右方站立的青翠盆栽，她告訴自己下班後要記得澆水。電梯直達地下層，今早不用咧嘴招呼鄰居，沒人、沒事、沒糾紛。黃色跑車昨天就已讓保養廠擦得晶亮，天晴了，不用擔心再濺污。

把車從住處大廈的停車場開入辦公大廈的停車場，今天只花了四十三分鐘，順暢的交通讓女人更加神清氣爽，身上的Prada Candy特別願意在這時候顯示自己的飄忽氣息。電梯上達她的辦公室樓層。只要她一閃進，接待處的小蘋總是起立對她微笑問安。兩吋高跟白鞋在柔軟的地毯上踏出一個個追隨她足跡的小圈，女人走過人事處、會計處、銷售處，向左彎進自己的經理室。她坐下來，短裙飄了飄，皮包就擱在原木桌腳。桌上沒有收發處送來小堆的信函，電腦裡的to do list也只顯示四件事情待處理。真是美麗的一天！她心裡想著，嘴角泛起了微笑。

女人細看了廣告公司的合同，簽字後讓人立刻發了。回了幾個各國來的電郵，她從身後小冰箱裡拿出微甜的優格，今天是奇異果口味。早餐後，她照例到洗手間一趟，再把自己稍稍整理一番。洗手間在大辦公室外走廊盡頭，回來時，女人沿著固定的動線走，又是接待處，人事處、會計處、銷售處。一向細心的女人在短暫時間裡察覺同事們的詭異；從剛開始上班到現在也不過兩小時之後，人們似乎換了一張臉；和她擦肩而過的，不但不再給出微笑，更是匆匆轉過頭去；在座位上的，不懷好意地看她一眼，目光立刻又縮回電腦螢幕上去。還有幾個人，根本是斜眼偷看她。到底怎麼了？

接近中午時，女人必須下到第十五層的外商銀行了解上週的進賬情況，這事不好在電話中談，更何況見面總有交情，對必要時的融資有不少好處。她又踩著高跟鞋走了出去。這次，沒人抬頭看她，也沒人不小心和她擦肩。在電梯口碰見了隔壁公司的王副理，彼此笑著打了招呼，電梯已來到他們這層樓。門開了，王副理讓女士優先，自己隨後進入。電梯門關上，通常王副理會問女人下幾樓，他好為她按樓層鈕，現在他卻像個犯了錯的小學生，努力要把自己的頭縮進脖子裡，眼睛緊閉。在電梯裡原本嬉笑聊天的四個人，也個個鎖住了嘴，有的看上，有的看下，就是不看彼此。女人納悶王副理的變臉，自己按了十五的樓層鈕。對於身後的那四個人，她不明白自己是否突然成了個消音器。

第十五層的長廊裡，有幾個等在影印機旁的人正聊天，女人一走過，他們全都靜了下來。推開銀行的玻璃門，認識的警衛衝著她笑，她回了禮，警衛卻神祕地看她一眼，又低頭，再看一眼，再低頭。怪了！她想，今天的人全怪了！女人逕直走到櫃台，和張小姐愉快地聊著。幾分鐘後，女人發覺有人輕拍她的肩。「小蘋？妳怎麼也來了？」女人詫異地說。「經理，妳的……」隨後小蘋把女人短裙的一角從女人背後內褲的上沿拉下來……

女人把自己反鎖在家。發生的每一件事情以及事情的每一個細節，在她腦中不斷反覆翻攪，像永不止息的奔騰巨浪。她頭漲躁熱，她瘋狂無助，她咬噬自己、搥打自己。她希望自己不再有臉，沒有臉，就不需要見人。

女人不敢出門，她在屋裡胡亂踱步、胡亂工作。她清理冰箱、剪去沙發縫邊的線段、挖出洗手台出水口的黑泥、堵死小蟑螂的通道；然後她看到兩週前買的鏡子還沒拆封……

一個圓鏡分兩邊，右半的右邊是個半圓，左邊有兩處凹陷，左半的左邊是個半圓，右邊有兩處凸出，兩半相連就成了個正圓，不連，就是不規則造型。敲、敲、敲，女人把左半邊釘在牆上，正釘右邊時，一失手，右半掉落，女人看到自己的臉在地上摔成碎片，她驚恐大叫，回過頭來看左半鏡，竟然空白一片！女人發現自己沒有了臉……

有趣嗎？思諾。還沒完，更有意思的是後來發生的幾件事。出版社的，不是和我直接有聯繫的一位編輯，他專門引進日文書。有一天他出差日本，在火車上讀著我剛出版的文集。鄰座的日本先生瞥見書頁上的〈無臉女人〉題目，感到好奇，便和編輯攀談起來。原來先生是專門把中文書籍譯成日文的職業翻譯者。可以想見，一位日語極好的編輯和一位漢語極好的譯者之間，會交織出多少共同話題。編輯把〈無臉女人〉的內容大概說了一下，日本先生馬上要求相互留下聯絡方式，並且得到編輯隨手的贈書。後來日本先生很快著手翻譯〈無臉〉，發表在文學雜誌上。他和出版社打算先單篇四處發表，以後才結集成書。令人興奮的是，我這半輩子寫的文字，有些早已譯成英文、法文，現在又有日文加入行列。更加意外的是，日本的一位服裝設計師和一家電子用品開發商受到〈無臉〉的啟發，先後推出他們的新創意。設計師讓單色裙子和洋裝的一邊或多邊，隨著走動而露出從底部提高到腰間的內層變化。這些變化有些是多彩的花布，有些是可讓大小花朵立體呈現的特殊布料。透過暗扣的調節，穿衣的人可以自己決定露出花朵或花布的寬度。這一設計後來又拓展到長袖、長褲並且大受歡迎。不久後，法國的一位設計師聯絡上日本的原設計者，並把雷諾瓦《露天平台》畫作上兩個女孩頭上戴的帽子稍微改變，加上迪奧的花朵提包，一起增設到日本設計師的創作上。他們將聯手到紐約開展，並且大膽盤算，這些設計將會攻占往後三年的春裝界。

另一創意來自開發商。我的短文裡，女人因羞愧而在鏡子裡照不出自己的臉。創意公司不但讓好品質的鏡子照出原始的自己，更可利用內建設計，依照喜好調整膚質、膚色，以及適合不同時間、不同場合的各種彩妝或髮型。這一產品上市不久就賣得缺貨，更有大型服飾公司和他們聯繫，希望能加大、加長鏡子，一旦服飾公司推出新款，便可以立即傳輸給客戶。人們可以在家虛擬試穿，甚至可以立即訂貨購買。什麼時候這世界已經變得如此神奇！如果不是編輯間接讓我得知消息，很難想像，就我一個小市民的一些文字竟然可以產生這些堪稱巨大的邊際效益！

聽了我的轉述，魏琳和裳悅母女倆高興得請我吃龍蝦大餐。當然，厲害、偉大、了不起的說法只發生在我們小小的家裡。我這篇文章所牽引出的不尋常事件，最多，只會因著出版社無意間的傳播，而成為此地文學界的聊天資料。依第聽了這消息也為我高興。但她的高興籠罩著一層薄霧。這霧太過稀薄，不細看、不細思，或者說不懂得感知的人，必定無法察覺。我家女人們的高興真實而毫不掩飾。她們高興的理由簡單而透明，除卻了不起或偉大、厲害，她們認為我的書寫能激發別人的創意，甚至發揮國際綜效，是有能力的表現，她們以我為榮。依第的不同。依第也真心為我高興，但理由不一樣。這理由使她歡欣，因為她喜歡我；卻也使她沮喪，甚至嫉妒，因為依第在意的不只是能力，而是並非每個人都具有的原創能力。原創性是她在意的核心，是她計較的重點，也是她評比的標準。我知道，是因為依第也是個作者。寫作的人有個宇宙皆準的嚴重心理障礙，那就是，自己是否擁有原創能力，以及原創能力是否能夠保持與維護。原創力太過神祕，幾乎無法透過學習而獲得。尤其重要的是，原創能力是讓自己保持與眾不同的盔甲，出眾往往由原創力所支撐。正因為與眾不同的難以成為，人一旦與眾不同，往往就成了驕傲的奴隸。太多人為了能變身為驕傲的奴隸而毫無目的地拼命奔波。這是什麼樣的離奇？什麼樣的弔詭？他們應該明白，出眾是奔波不來的。

我的平房自從有了女主人，變得滋潤而鮮活。我買了一小套竹沙發。依第買了一個藍底的琉璃大花瓶，瓶身有著一抹風刷般的白雲。把瓶子拿在兩手裡轉，那雲立刻跟著走。為了讓花瓶有個依歸，一張純白的小茶几在未經主人允許之下便進駐了平房。大捧大捧多彩多樣的鮮花毫無遮攔地凸顯在黑白得近乎灰撲的平房內外。我隨她做去。依第和我的互動自然而平順，就好像是熟識了半輩子的好友。有時候我們談發生在她生活中的小事件，有時候談我的。只是，我總覺得有某種隱形的力量在我們之間滾動，企圖離間我們。就像是磁鐵的陽極對陽極，陰極對陰極，雖然靠近，卻被推隔在某一個適當的距離；雖不實際接觸，卻都感覺得到在彼此之間的圓融引力。我們似乎在各自逃避對方的眼神，然而並不只有眼睛會說話，姿態和舉止其實說得更多，也更細緻。我們也彷彿故意忘記我離開莊園前一夜發生過的事情。我們有時聊起莊園的種種，以及另外三位朋友，卻絕口不提我們對彼此的感覺。我一直沒問依第為什麼不回覆我的電郵，因為我害怕聽到可能會破壞我們目前合意相處的答案。依第也不主動提起，也許她的理由和我的一樣。電郵事件是我們之間唯一的缺憾，至少我這麼認為。不是我們逃避缺憾，而是我們都不願這一曾經有過的神傷挫折眼前的愉悅。我也不告訴她，過去幾年我多麼思念她，也多麼怪罪她。說了，我不就在示弱？喔不，在愛情裡不該有示強、示弱，而是公平。但公平既不能斗量，也無法秤重。所以我心裡那模糊而不安的索求不應該是公平，而是有反應。是的，有反應。不是敷衍、哄騙，而必須是誠實的有反應。我希望我那多情的重拳一出手就打在鐵板或石塊上，而不要是空輕的棉花。不能見面時，我要她要得緊。現在見了面，我反而不敢對她表露。這是因為，一旦我說出口了，能夠見面的美好就會突然化成一陣煙？我害怕？是的，我害怕。我害怕只要稍有一點閃失，依第就會再度消失。

很快地，除了平房，我們不在他處相見，當然是為了不讓人認出我們。依第有她的生活圈、她的交遊團體、她的人際關係，我有我自己的。雖然各自獨立，沒有重疊、沒有交集，我們仍然謹慎地要保有這個能夠有時相處的幸運。有趣的是，只在平房見面不是口頭的商議和約定，而是行動上的自然而然。有一次依第來得晚了，我心想，不要是在路上出了問題才好。終於到達後，只見她一手捧著一束大開著的純白雲裳仙子百合花，一手提著個大袋子，長方形，可以放置冰藏食品的那種設計。她自己明顯有些倦容。她說，前晚家裡請客，昨天忙著把家裡恢復原狀。今天先去退還禮服後才到平房來。過去兩週，為了在家請客，依第聯絡清潔公司、設計公司、園藝公司，飯店主廚。原本冷清的房子頓時熱鬧起來。除了自己的十二人大桌，她讓設計公司搬來自己特別挑選的銅雕擺飾。她交代園藝公司計算好時花盛開的時間，並且在請客當天下午三點左右準時來佈置。除了進門處和大客廳，廚房和洗手間也要有適當的花朵擺設。餐點設計是最具有挑戰性的。因為客人是亞洲各國來的高階主管，依第為了人人都能吃到家鄉菜，她特別關照飯店要備妥正確的食材和飲料。主廚和兩位助手當天提早到依第家裡烹煮。酒的事情就交給她的丈夫處理。依第說，考慮到品質，平時家裡的儲酒不會超過六瓶。請客時，她會拿著丈夫給的酒單下訂。她認為，如果人人把話說清楚，把話聽明白，就可以省去至少一半的聯絡時間和精力。她很難了解，為什麼大部份的人缺乏對文字和字音的敏感度。電子郵件上的三個問題，答覆一個，答錯一個，不答一個。聽電話時，不是沒聽完就急著答，就是答非所問，也有的是明顯推託。反正，少一件事，薪水一樣多。依第抱怨完了，又繼續說，最難的是座位排次。如果是多年來認識的人就好解決，新加入的，她必須多少先知道一些客人之間的微妙關係。把兩個意見相左的人排坐隔鄰，不是聰明的做法。這些都得事先從她丈夫那裡獲得訊息，畢竟他是這些人的主管，有義務了解某些人際間的喜歡或不喜歡。把座位排定後，下一步才是把印好的名卡放在適當的座位前。宴客的前一天，依第去把已經試穿並且租好了的禮服拿回家來。賓客到達前兩小時，會有美容院的人到家裡去為她化妝、做頭髮。交錯觥籌的晚宴談話由她丈夫主導，她只管留意客人們是否感到舒適，以及他們的各自需要，並且隨時讓人做必要的增添或減少。

依第這番不添加任何修飾的敘述，我聽得愣在一旁。那是多麼不同的生活方式！那是電影中的豪華情境就在我可以觸摸的眼前真人原聲上演。我本來熟悉的依第頓時滑縮到隧道盡頭，只能借著隧道口的微弱燈光，才能認出她的輪廓來。我必須承認，依第畢竟是離我那麼遙遠。即便百合盛開如同為平房點上一盞大燈，即便依第在廚房重新溫熱雖是隔天剩下卻是依然完好的菜餚。不知道為什麼，我那天過得並不愉快。我儘力思索，是因為依第的生活和我的相異過大，所以我隱約不安？而這不安的來由是因為我竟然有些妒意？我鎮定自己。

我和依第之間還有一種不同。這不同應該找不出理由、找不到依據，也應該沒有人做過科學研究，因為不需要。我恨透了下雨天，依第卻愛得發緊。不論是否使用交通工具，或使用哪種交通工具，下雨天對出行的人實在不方便。誰喜歡穿著濕鞋去工作場所？滴答答的雨衣、雨傘能夠很快找到落腳處？更別談有時手上還得抱著、揣著、提著一堆的物品。依第說，她從小就喜愛雨天。下雨了，所有的事情都慢下來，每個地方都顯得乾淨，就連空氣也聞起來不一樣。她說，那聞起來不一樣的空氣要是能做成食物，她一定第一個去吃它。依第說，她喜歡聽雨水打在傘上的聲音。雨大聲大，雨小聲小。她仔細聽著雨的節奏，心裡就感到一陣幸福。有時雨像掉在盤子上的小珠子，聽得清楚也數得清楚。有時候雨會下成一片簾子，還沒來得及撥開就又聚攏了起來。當雨下成一片紗帳時，她就會在帳下轉圈圈，並且穿著雨鞋用力踩在水窪上，讓水高高濺起。如果有個小女孩在滂沱的雨中專挑著較深的水窪踩踏，那一定是小依第。要是穿雨衣，依第一定把雨衣底端的水往雨鞋裡灌，回家時，脫掉臭臭的雨鞋，就可以有一雙浸了水的襪子可以擰乾。依第說，她現在有個專屬的大房間。斜斜的屋頂上有一扇斜斜的大窗。下雨時，她會打開別的窗子聽雨，躺在床墊上看雨珠將自己撞打在斜窗上而滑落。要是雨大了，斜窗外一片朦朧，這就讓她想到德國巴伐利亞起了霧的森林裡，那個古怪刁鑽的精靈就要從樹叢後面蹦了出來。依第當然享受得起生活中一場場的豪華，因為她沒有外出的義務，也沒有不出席就要承擔責任的後果。「什麼事情讓你認為，只要下雨我一定不出門？」依第的巧問讓我不得不低下頭來，像個犯了錯的小男孩。

那個下雨天，依第確實不留在家裡而來到了平房。雨在黃昏時變了情緒，越下越大越猛。天色整個暗下時，更是起了風。風把自己吹成了呼嘯。這風這雨阻擋了我們各自回家。也許是七點，也許是七點半，我們正說著，這風雨應該是一時停不了了。頓時，一片黑暗！停電了！是電線被吹落？平房裡我沒準備手電筒。除了坐等在黑暗裡，還能做什麼？突然，依第說了聲，糟了！便試著找到門，跑了出去，又跑了進來。她摸到了椅背上的肩包，找到了什麼東西，又立刻跑出門去。我站在門口看，卻幫不了什麼忙。原來依第的車窗沒關，就在這麼樣粗暴的風雨裡，車座位大概已經不是平常應有的狀況了。依第坐進車裡，發動引擎，才能關上車窗。就在這一來一往，一進一出，依第整個人濕透了。進屋後，她忙著拍打身上的雨水，我摸黑到浴室拿毛巾。依第懊惱地說，她的車一向停在家裡的車庫，從來不需要留意天氣的變化。現在MINI裡濕了一大片，恐怕要跑一趟保養廠了。她一邊說，我一邊拿毛巾擦著她的頭髮。這是我們重逢後第一次這麼靠近地接觸。我擦她的臉，我的手碰觸到她的臉。我擦她的手臂，我的手觸及她的肌膚。我有一種奇異的感覺，在那黝深的黑暗裡。然後我們兩人都停了下來。也許過了三秒，也許五秒。我無力自拔地低頭吻了依第，就像莊園小路上那個有著月光的夜裡。起先依第有些踟躕，很快地她不再退縮，她迎了上來。於是，一個乾乾的男體包裹了一個溼溼的女體。當兩體合為一體時，風雨的暗夜也就放棄了辨別誰是誰的努力。在我偶然睜眼時，窗外閃過一道銀光，不久後隆隆的聲響由遠而近……

據說女人喜歡海盜、富豪、外科醫生……等等，有身價也危險的男人。她們喜歡刺激、矛盾、果斷的男人。而男人喜歡的女人是，在他需要時願意對他癱軟，而且只對他癱軟，卻又能獨立自主，不事事依靠他。這些應該是一般人對於男人、女人的看待。我是一般人，所以我也是這麼看待依第，而且依第更是幾乎完美地符合我對她的看待。只是，依第並不一般。我不知道，自己在她眼中是否刺激、矛盾而又果斷。但我知道依第寵我，她接受我在寫作領域裡的孤僻與傲慢。令我無比震驚的是，早已遠離青春年少的我們，竟然還有能力如同年輕情侶那般地彼此愛戀。然而我們都各有家庭的事實，使得我們成熟的浪漫籠罩在一種害怕著事情隨時就要清朗的迷霧當中。我們把自己深藏在迷霧裡，因為迷霧讓我們不需要看到未來，也讓別人看不到我們。因此我們害怕迷霧消散，害怕陽光明媚；因此我們耽溺於蟄伏並且厭惡舒坦。只是，即便在迷霧中的我們對待彼此是清朗的，我仍然感覺不安全、不踏實。為什麼？想了許久許久，原來我是繞了一大彎路才驀然發現近在眼前的明顯易見。原來我和依第之間缺乏承諾。我們不但沒有心理的承諾，也缺乏外在儀式的承諾。是的，我們不曾對彼此承諾，我們也不對對方發出這個要求。難道承諾就是婚姻關係裡不離開彼此的信守嗎？魏琳往往在吃完飯後，以舌頭翻動嘴巴，企圖清掉塞在牙縫裡的食物。她在這麼做的同時也快快收拾每個人的筷子，把它們握在手裡，另一隻手把碗盤疊在一起，並且立刻將兩手滿滿的狼藉移到水槽裡。婚姻的承諾會是這種我必須容忍的景象？這景象不是不好，不是不對，只是一點也不美啊！那麼，承諾必須包括不美嗎？承諾注定要面見不美嗎？

啊，思諾，思諾，我知道，我知道，我正在狡辯。我自己又有什麼美的樣子給魏琳看呢？或者，承諾正是意謂著彼此展現在對方眼裡的醜態而不自知？人看鏡子裡自己的臉，看了幾十年甚至上百年也不厭倦。而生活伴侶的臉，也許婚後十年就不真的看見了，只不過是認識而已。承諾是將美好轉變成只是認識的過程嗎？

我說依第很不一般，尤其是指她隱藏得很好又相當精準的觀察力。有一次，她在百思之後才不得不提出問我，為什麼我會忽左忽右地微微轉頭？為什麼左邊一次、右邊一次，又輪流重複？依第小心翼翼地問我，也許她暗想著，我會不會有某種精神上或神經上的疾病，卻不好對她提？如果依第就在身旁或正當我們談話時，我的這個動作就不可能出現。這往往是我獨處並且高度深入思考，也就是我和天主來回辯論時，最後卻受到祂搧臉處罰的結果。依第是什麼時候又怎麼觀察到的呢？是我在平房外面倚著大樹看天、抽菸，她在平房內向外望時無意間看到的嗎？既然依第起了頭，那麼就對她說說，我極少提起，不，是完全不曾向人提起的，就連魏琳和裳悅也只知道其中一二的重要事情。

高中時，每天上學我總會走過一條長長的騎樓。騎樓外每隔一段距離豎立著灰白色的水泥電線桿。其中一根桿子上綁著「神愛世人」的鐵片，鐵片把桿子包了半圈，一看就知道神在電線桿上已經愛了世人無數年，鐵鏽早已斑點駁駁。我每天看習慣了，它毫不起眼，我也根本不在意。有一天，當我又走上騎樓，又看到這白底黑字的鐵片時，不知怎地我突然問自己，什麼樣的神會愛世人？他也會愛班上那個專門看女生，又專門說女生壞話的廖國英嗎？這念頭只這麼一閃，就沒了下文。上大學時，英文系的同學流行去保齡球館聽英文歌曲。球館又寬廣又有強勁的冷氣，特別是暑假期間，保齡球館是消磨午後時光最好的選擇。我常和同學高明勇去坐著聊天、看人打球，並且輪流投幣點唱機，一遍一遍地聽我們喜愛的曲子，胡說亂扯只有我們懂得的共同話題。那種無拘，那樣的閒情，沒有人能忘記。

有一天在從球館和高明勇回他家的路上看到一間教堂，我突然想到電桿上生鏽的鐵片，萌生了進教堂看看的意願。高明勇知道這教堂，卻從未進去過，也不排斥同我去看看。於是我們試了試門，沒鎖，打開來，是一條筆直的走道，兩旁有許多橫排的長木凳。走道盡頭是一大片映著日光的彩繪玻璃窗，美麗而高雅。窗前是一片高出地面的磨石子平台，正中央上面從天花板垂下一個鐵製的大十字，十字上有個男人像。他有著西方人的面貌，幾乎裸體，蓄有長髮。他的兩隻手臂平舉在十字左右兩側，手心各有一支大釘穿過。他的雙腳重疊一起，也讓大釘牢牢釘住。正當我們看得出神，不知道從哪裡走出來一位中年先生，他很親切地和我們打招呼。後來我才知道，那是保祿堂的執事范先生，也透過他的引見，我開始跟謝神父聽道理，但是高明勇並沒一起來。再後來我慢慢懂得，電線桿鐵片上的神就是教堂天花板垂掛十字架上的外國男人。他的手腳被釘穿和鐵片上的愛世人有著神祕而無法分割的聯結。

我不經意進去的是天主教堂，而不是基督教堂。基督教是中古時代天主教遭到唾棄而發展出來的另一教派。這是我個人對一部份教會史極簡的了解。我告訴依第，《聖經》不是一本書，而幾乎是一座圖書館，收集編纂了以不同語言文字記錄著數千年前地中海東側廣大沙漠地區人類的經歷和遭遇。紀元前三千多年的猶太生活歷史是《舊約》，只有耶穌三十三年生平的敘述是《新約》。沒有《舊約》的記載，後來猶太人耶穌三年治病驅魔的事蹟也就失去意義。《舊約》告訴世人，神是怎麼回事；《新約》是神自己告訴世人，祂是怎麼回事。

依第問，我為什麼信耶穌？信耶穌究竟是什麼意思？我說，與其說是「信」，倒不如說是「找到答案」。活得越老，生活得越久，我越覺得找到答案有多麼重要。《舊約》裡充滿了，只要是人就一定會做到的所有的好與壞。《新約》裡充滿了當時人們最喜歡，對他們最重要也是最大渴求的，治病和驅魔兩大奇蹟。那個掛在十字架上的半裸男人正是這兩大奇蹟的執行者。祂迎合人們的需求，顯示奇蹟，為的是要讓人明白，神的存在真實而亙古，人必須按照神的要求生活，才會有真正的安心，也才能感覺到真實的幸福。可是祂不但自願被同族交給殖民的羅馬人以無比殘酷的方式屠殺，甚至毫無怨言、理所當然地死給人看。祂更以自己的慘死和鮮血來喚醒沉睡的人們，只是許多人看不懂或不願看。去宮廟的人通常要求神明替身為他們治病、驅魔，賞給他們錢財，這三大奇蹟。曾經，看得見的真神給了兩項，卻是太少，所以人們選擇不理不睬。耶穌在執行兩項奇蹟的同時，要求人們節制、愛人、聰穎地過日子。可是要做到這些要求，太困難、太辛苦也太崇高。例如，十誡中的第一誡要求「除了我之外，不可以有別的神」。守這誡命太不近人情，達不到大多數人的最大願望，只好自己創造財富神、考試神、生子神、醫治神、國泰民安神……來朝拜。人們早已擁有能夠滿足他們想像的所有神明，所以電線桿上的神才沒人理會。十誡是世界法律條文的源頭。我們高揚卻不可得的居住正義，就是源自第十個誡命「勿貪他人財物」。在一個社會裡，少數人佔據比需要還多的房子。一個人可以擁有幾間不同的房子，正是導致房價不降的原因之一；這就是侵佔其他人購屋的權益，也就是間接貪圖他人財物的實例。隨著時間演進以及世界各族群自己的發展和變化，十誡衍生出許多適當而合用的法令。概括十誡的兩句話就是「愛天主，愛人如己」，非常簡單也非常困難。一旦背棄這兩條法則而行，邪惡立即誕生。

「愛天主」就是敬畏一個公平與正義的精神體，「愛人如己」就是恕道，就是己所不欲勿施於人。依第問我，信耶穌是什麼意思？答案就是，我找到了永恆與不變！

然後我從書架上拿出《思高聖經》，為依第唸了《新約．路加福音》第十六章中的一段：

那時候，耶穌對法利塞人說：「有一個富翁，身穿紫紅袍及細麻衣，天天奢華宴樂。另有一個乞丐，名叫拉匝祿，滿身瘡痍，躺臥在富翁的大門前。拉匝祿指望得到從富翁桌上掉下的碎屑充飢，但只有狗來舔他的瘡痍。那乞丐死了，天使把他送到亞巴郎的懷抱裡。那個富翁也死了，被人埋葬了。那富翁在陰間，痛苦地舉目一望，遠遠看見亞巴郎，以及在他懷中的拉匝祿，便喊叫說：「父親亞巴郎！可憐我吧！請打發拉匝祿，用他的指尖，蘸點水，來涼潤我的舌頭，因為我在這火燄中，非常痛苦。」亞巴郎說：「孩子，你應記得，你活著的時候，已享盡了你的福，而拉匝祿同樣也受盡了苦。現在，他在這裡受安慰，而你應受苦了。除此之外，在我們與你們之間，隔著一個巨大的深淵，就算有人願意，從這邊去到你們那邊，也不可能，從那邊來到我們這邊，也不可能。」那富翁說：「父親！那麼，就請你打發拉匝祿到我家去，因為我有五個兄弟，叫拉匝祿警告他們，免得他們也來到這痛苦的地方。亞巴郎說：「他們自有梅瑟及先知，讓他們聽從好了。」那富翁說：「不，父親亞巴郎！倘若有人從死者中，到他們那裡，他們必會悔改。」亞巴郎給他說：「如果他們不聽從梅瑟及先知，縱使有人從死者中復活，他們也不會信服。」

在這段經文中，教會通常把重點放在賞善罰惡，或指出，擁有物質財富的人對受苦的人漠不關心，這就會把人類帶入險境；甚至引用第六世紀教宗大聖額我略的話：「當我們賑濟窮人的基本需求時，我們並不是幫他們忙，而是將原本就屬於他們的東西物歸原主罷了。我們不是在做一件愛德的工作，而是在履行正義。」我把這些和道德有關的聰明話看成是無謂的教導，不是不重要，而是乏味無比。我個人看重的是「如果他們不聽從梅瑟及先知，縱使有人從死者中復活，他們也不會信服」！天主教中的梅瑟正是一般人較熟悉的摩西。《舊約》中，把紅海分半的摩西以及無數先知，早已對人有過許多教導。信神卻不聽從的人，即使有人自死者中復活，為他們再講述一番，他們也不聽從。同樣，不信神的人，即使神就站在他面前對他說話，他也不信。《舊約》中，雖然有美麗的詩篇，更多的卻是殺戮與傾軋。《新約》中，耶穌的出生不是因人受孕，祂可以命令魔鬼從人的身上出去，也可以讓已經死去了幾天的人從墓穴中走出來。最後甚至是祂自己的復活，還給門徒眼看、指觸祂在十字架上的傷痕。人們要看到神，耶穌來，讓人看到了，人卻對他做了什麼？人把祂殺了！神還能怎麼做？這不是人的頑與劣，是什麼？

我問依第，她是否想過，人們每天生活的煩雜與多樣全都依靠人體的收納、辨解、產出才能完成；而且所有運作都在絕對黑暗、絕對靜默的人體內部進行。不論外界多麼複雜，人體內部只是靜默地依照五官所傳導的訊息做出反應。我曾經看過一部有關人腦的紀錄片，科學家認為，人體的運作是人腦靠著電子訊號，透過極端複雜的神經網絡接收外界訊息而達成，一旦切斷接收的過程，人就處在完全的孤獨當中。例如，看不到就陷入一片黑暗；聽不見，就是全然的靜寂；只要失去神經網絡的傳導，不僅所有的冷熱、軟硬、鋼柔感覺不到，也聞不到任何氣息。如果讓人腦脫離軀體，並把影像、聲音透過先前錄製好的光碟讓神經接收，那麼完全處於黑暗狀態的視覺神經和聽覺神經也仍然能夠感知鳥的樣態和吱吱喳喳的聲音。所以外界的景象、運作和更迭，取決於神經傳導是否健全。以這一科學實驗為根基，人的所有經驗只是幻象，宇宙不過是個影子的客觀事實應該可以受到各個宗教的支持。佛教是否就在這基礎上發展出成、住、壞、空？基督宗教卻是有另外的一條蹊徑。

一旦和外界失去聯結，人只是什麼？只是一堆物質。只剩什麼？只剩下思考和感知。那麼無形、無象、沒有氣味、不能觸摸的思考和感知由什麼所促成？靈魂嗎？靈魂哪裡來？有些事情或現象只能解釋或說明，卻不能證明。神的存在就屬這類。《聖經》就給人這種感覺，只能說明，不能證明。有人說，天主在時間、空間之外，也有人說，天主本身就是時間與空間。無論在時空之外、之內、本體，或另外還有尚未被提出的情況，直到現在都還是人的想像難以到達、無法觸及的領域。忘了是從哪裡聽來或讀來的，人類是以追求意義為根本目標的受造物。除了回憶，人的活動全指向未來。未來就帶出計畫，計劃未來的本身就是一種意義。那麼，人為什麼需要意義呢？

我不認為，我和依第以及其他許多寫作的人有能力編造出像耶穌在苦路上所經歷的，人世間獨一無二的，極致頂峰的悲劇。更不可思議的是，這齣在一般人眼中的荒誕劇，卻擁有能夠革命性地爆發出改變許多冥頑人生的巨大力量！歡迎耶穌的人也同時唾棄祂，一向對祂死忠的人卻突然不認識祂。無罪無辜的年輕耶穌必須代替死刑犯被釘上十字架，而祂的無罪無辜其實每個人都心知肚明。祂被一群愚昧、膽小、不敢面對改變而鎖死在自己迂腐裡的團夥送上十字架。祂的痛苦死亡是祂預見了的，但祂不逃跑，而是坦蕩對決。如此的悲絕，莎士比亞寫不出來，杜斯妥也夫斯基也寫不出來。

耶穌遭到毆打、蹂躪、鞭笞，並背著極重的十字架跌跌撞撞地走上小山丘。祂嚴重脫水、虛弱，導致心血管崩潰。羅馬士兵刺穿祂的肋旁時，血水流出，那是因為心臟破裂。祂的肉體承擔劇痛，六小時之後窒息而亡。耶穌經歷了取笑、背叛、侮辱、鄙視，最後等著祂的是一個極其痛苦的死亡。這一死亡承載世人所有的過錯，祂把世人的罪過移轉到祂自己的身上，並且負載著這些罪過而死。一旦通過祂的死亡，人的罪就被免除，即可重生；也就是，耶穌承攬了人的錯誤，只要我們不再重複明知故犯，就可以成為新的人。耶穌不但讓人免於痛苦、免於受罰，更讓人與天主和好，重新歸向祂。這就是復活！

我告訴依第，基督宗教極其艱深，不僅因年代久遠，許多精華無法追溯、還原，也因為書寫經文的語言文字經過時光淘洗，真實意義不易捉摸。基督徒祈禱通常以讚美上主的大能，以及祂賜給世人大自然的豐盛作為開端。除了希望自己的渴求能夠實現之外，祈禱最重大的價值是，上主能幫助人自己仿傚祂，達到美善的境地。讚美和祈禱之間流動著一個美麗的循環！

我成功地轉移了依第的注意力。她聽得入神，似乎陷在沉思之中，不再說話，不再問我為什麼忽左忽右地轉頭。我是清醒的，而且我在清醒的情況下觸犯了誡命，天主當然要搧我耳光，處罰我。我也背叛魏琳。她信任我，她把自己完全敞開毫無保留地託信於我，我卻把她的託信踐踏在地。在但丁的敘述裡，背叛的人處於地獄的最下層，是人類邪惡的至極犯罪。依第是自上至下，從裡到外讓我愛得通透的女人。為了她，我犯下了通姦與背叛的大罪。我是否會像福音裡的富人，受到「隔著巨大深淵，不能從那邊到這邊，也不能從這邊到那邊」的永罰？謊言就是從地上往樹頂高飛的鳥兒，只要一開始就再也收不回來。我是不是對全世界撒謊了？

思諾，你大概無法感同身受依第帶給我的快樂與豐盈。但你更不了解的是，我在快樂的同時卻逐漸失去曾經有過的，較好的睡眠品質。有時我會在教學時無端地心慌；有時我獨自在平房時，覺得天花板就要掉下來。是不是我心理無形的不安定，外顯成我感到肢體的不安全。我不能失去依第，卻也痛恨這種惶惑不安。啊，我為什麼如此虛弱？為什麼如此虛偽？我發覺，恐懼慢慢在我心裡滋生，慢慢長大，將會長得和我一樣高，超過我，把我包裹起來，吞噬，吃盡。我害怕恐懼。我從未想到自己竟然如此膽敢！多麼希望我不信天主。不信，祂就不存在，我就不害怕、不恐懼。信天主，究竟是幸福還是瘋狂？

雖是不安，日子還是要過的。有一次我受邀擔任文學獎決選評審。我主張第一名應當從缺，卻和另外四位評審幾乎翻臉。他們心目中的第一名雖是寫得引人入勝、高潮迭起，卻是幾近罵字連篇。他們認為故事吸引人最重要，不需要為文字花費太多時間。有時太過日常而顯得粗俗，卻也更加貼近生活，讓讀者更加臨場。我的反駁是，要讀者臨場，影音媒介可以提供，文字絕對比不上電影。我不能退讓的是，小說必須文字好、故事好，缺一不可。文字是構成文學的基礎，文字的表現必須給人心、人腦預留轉圜、想像的餘地。文學不是罵街，任何情緒表達都有能夠控制得宜的字眼或方式。在對話裡當然必須採用日常語辭突出人物性格；一旦全篇辛辣，也就難以下嚥。我和他們爭辯完就離開。讓他們採多數決，讓他們贏去，我只想在平房裡靜一靜。

車子滑入小道轉個大彎後，便看見依第的大型紅白MINI，我立刻精神為之一振。這件讓人氣憤的事情，依第一定能夠了解。我興奮地想著，依第將會怎麼安慰我。一停好車，就看見依第站在門口，手裡拿著一本書。她一定是先聽到我車子的聲音，所以才站在門口等。一進門，還沒來得及喝口水、喘口氣，我便滔滔地向依第講述整個事件的經過。原以為她會贊成我的堅持，因為在莊園的晚餐桌旁，她正是支持我對文字和故事內容必須同等重要的看法。出乎意料的是，依第聽完後不說話，不看我，只是輕蹙眉頭。她的淡然令人不安。從忿怒到振奮到失落，我的心緒在起伏之間迷失了定向。在我追問之下，依第從手上的書裡拿出一張筆記紙。接著她從書架上又抽下幾本，每一本裡至少有一張紙，紙上記下書裡哪一頁的哪一句話我運用在哪篇文章裡。她一張張拿給我看，我一次次思索，突然明白了！「妳認為我抄襲？」我恍然大悟地問。依第輕輕地點了頭。抄襲是寫作者的最大罪愆，是最嚴重的惡！她甚至認為，我記錄下自己究竟把抄襲搬用到何處，是為了避免重複，避免被看出破綻。如果是別人的指責，我會儘量辯解，然後一笑置之。但是依第不是別人，我必須對她詳細說明才行。

記下重點及頁數是因為我對於某個句子深有同感，也非常贊成，而且認為必要時可以運用；此外，這也是方便我再度找到心目中「好朋友」的標記。對於我運用在所寫的什麼篇章裡加以註明，是為了不讓我的句子結構和原著的相同而引起誤會。還有，我一直謹慎小心，就希望能夠避免思想上的重複，但較難，因為任何人都不可能規律性地每隔幾天就有新的思想、新的哲理產生。另外，這些書中筆記紙上的標示，也都寫在我的日記裡。書中的文字就像在對我說話，在日記裡，我總會和這些不曾謀面的，或生或死的不同國籍作家談談心裡的話。當然我也記下令我非常嫌惡的句子或思想，如果一時引用不上，我會在日記裡無聲咒罵。

不同時代、不同背景的人會有相似的看法，是普遍而自明的。波蘭出生，在德國被稱為文學教父的猶太裔文學批評大師馬塞爾．萊希—拉尼基曾經問道，寫作者到底喜歡蠢人的讚美，還是智者的批評？這一尖銳考問，不僅僅是針對寫作者，人人都要受到試探，連他自己也不例外。在談到對於讚美或批評的取捨之前，還要先辨識誰是蠢人、誰是智者，已經不見得容易，究竟寧可獲得蠢人的讚美還是智者的批評，正是人對自己是否足夠誠實的試煉，不是嗎？有什麼特別的呢？但是，由於萊希—拉尼基的名望，媒體刊出對他的訪談時，就會把「蠢人讚美和智者批評」特別挑出，以放大的斜體字效果刊登在顯著的位子。如果有其他三、四個文學或其他領域的工作者在不同時間、不同場合、不同媒體發表類似的言論，又是誰抄誰呢？是畢卡索說的吧，人類世界，複製比原創多得多。真的是複製嗎？還是簡單的人同此心而已？

法律把偷竊定性為犯罪行為，抄襲是一種精神偷竊，所以抄襲也是犯罪行為。至於是否抄襲，必須在質與量上做比較之後才能下定論；這在法庭上的判定並不容易，但是寫作圈內的人會是極其敏感。法律是道德的最低要求，欣慰於社會良心加冕的寫作人，不論私自的道德高下如何，對於法律要求的「不抄襲」是非常非常認真對待的。寫作人可以忍受寫得不好，卻絕對不接受抄得很好。而抄襲在學術領域，有時候就成了舉例說明或理論依據的美稱。作家知道，作品不經過學者的推薦、介紹，自己很難在文壇上佔得一席。學者了解，不針對有名的作家寫評論，不容易取得名聲、不容易升等，也不容易拿到研究經費。信不信由你，思諾，當我知道我的作品開始受到某些學者討論時，我便胡言亂語，胡想亂寫，卻仍惹得學者們盲目地胡吹亂捧，深怕遭到同行取笑自己不懂新時代文學有什麼新形式。他們越是害怕自己遭殃，我越喜歡戲弄他們。我對學者們發出的鄙視是挑釁的、傲慢的，也或許是不應該的。

我對依第的這番解釋，顯然她接受了。也由於這件事，我們相互約定，任何時候、任何情況下，只要對彼此心生疑惑都必須提出。我們都極力維持愛情的美好與完整。我們都不能忍受在對方心裡留有瑕疵和陰影。也許我們都知道沒有瑕疵和陰影的關係只是假像，只是幼稚的妄想，但是我們寧可耽溺在幼稚的假像裡，也不願從美好的夢境裡醒來。

我發覺，依第比我更常去平房。我的工作時間是固定的，她比我自由多了。她開車去別的縣市演講或是和文友見面，都需要經過高速公路。一去一回之間，有時候她順路繞到平房，在冰箱裡為我放些小東西，或者從外面撿些小葉子、小石頭，在書桌上拼成一個笑臉。這些都是她對我親愛體貼的表示。我是那麼地感到幸福！平房似乎成了我們生活中一個可以吸進更多氧氣的窗口。依第讓我難耐。有時我忘情地看著她，如同我正看著照片而不是她本人一樣地肆無忌憚，目中無人。我也期待著和她的溫存。當我專心而體貼地吸吮著她的乳頭時，我可以感覺到她柔軟身體洋溢出來的歡愉。有一次，她捧著我的臉，看入我的眼底，微笑著說：「老先生，你為什麼這麼誘惑我！」誘惑兩字我應該在寫作上從未使用過，卻是天天在天主經裡唸到：「……不要讓我們陷於誘惑，但救我們免於兇惡。」我一面想著「不要陷於誘惑」，身體卻真真實實地陷入到誘惑所激起的愉悅裡。我一次次責備自己的軟弱，又一次次選擇出賣天主！我心虛地想著苦路上第十一處的句子，「錘子打下，鐵釘刺透了基督的骨肉。我的罪在錘擊，我肉慾的罪在侵蝕基督的血肉。我的逸樂使祂遍體傷殘，我的奢侈使祂血跡斑斑。」我究竟是誰？為什麼我竟然可以如此虛偽、如此墮落？雖然恐懼咬噬不放，誘惑卻比恐懼擁有更強大的力量。我越自責，卻越做出錯誤的抉擇。我是不是等待著發生什麼，以便結束這一切，以便消滅我所討厭的自己？

依第履行了約定，她不讓陰影破壞我們對於美的堅持與愛戀。有一次，她把一本小冊子擺在我眼前並且嚴肅地問，那是什麼。我看了看，輕蔑地笑了笑，搖搖頭說，那是無聊的小東西，只要不理會，問題就會自動解決，正如糖塊在水裡溶化一般。

其實事情並不複雜，思諾。有那麼一天，依第在字紙簍裡看到一本我丟棄的小冊子。由於色彩特殊，她好奇地撿起來看。封面是一大朵粉紅玫瑰的正面近照，封底外頁是深黑背景，中間框裡有著兩朵盛開的豔紅玫瑰。不論封面、封底，玫瑰們沐浴在柔陽裡，露水沾上這裡、貼在那邊，它們參透了什麼是玲瓏，什麼是欲滴。依第看了封面，翻過來看封底，又在手上掂了掂，覺得這冊子的尺寸、重量、厚薄都適合放在女人的提包裡。為什麼我書桌旁的紙簍裡會有這本和我無關的秀美小冊子呢？也許出於女人的直覺，依第開始感到不安，甚至是微微的忿怒。為了分明這突然而來的騷擾情緒，她猶豫著是否應該打開冊子看看內容。看了以後，會是傷害還是欣喜，還是不驚、不喜、不惱、不樂呢？依第走了走，坐在書桌旁，終於決心翻看。她隨意打開一頁，讀了兩行或三行，立即闔了起來。鎖了眉。她站起來，走到竹沙發旁。要站、要坐，似乎難以決定。因為她的心魂已經不讓主宰。依第還是坐了下來，整了整淺淺紫羅蘭的上衣和長褲。她定了定神，左手拿冊子，右手翻開了。不是任何一頁，而是第一頁。

字，不大不小，不歪不斜，看著算是舒暢。依第一字一字地讀，一行一行地看。什麼時候她原本上下交疊的兩腿，現在卻踏在地板上了。什麼時候她的背挺直了。掉下肩的背帶子也不介意了。她的身體是緊張的。她的手指是夾密的。她的臉頰是漲紅的。她的思緒是糾結的。她的心情是沉重的、焦躁的，也是亢奮的。她有如一塊正在往海底下沉的，燒得通紅的黑石，無聲而巨大，讓無數的魚兒們害怕。她逼自己讀下去。這是個對我傾慕女人的呢喃日記，或夢魘訴說。冊子裡密麻地記載了她自認為的，我和她之間祕密情感的發展。其中有：我喜歡看，你翹著長腿，斜坐在椅子前半，右手轉著筆，眼睛看著地板，一副不在乎的神情。我也喜歡看，你一腳踏著鐵桿，一手放在褲袋裡，在走廊上抽菸的樣子。你的眼睛盯著欲雨的天，頭髮讓風吹得微揚，我卻不知道你正想什麼。只要你和班上其他女孩談話並且開懷地笑時，那一整個星期我都不會過得平靜。有時我尾隨你去停車場。我看著你走路的樣態，看著你追逐著掉了一地的乾樹葉，並且把它們踩得喀嚓作響。我看著你開車門，也看著你的車子遠去，裡面卻沒有我。我太過喜歡總讓人看成是古朽迂腐的「以身相許」。我認為只有以身相許才能表達我對你的真心。多少次，我想像著，我的腳指頭揉搓著你那花白而又濃密的微微鬈髮。啊，這帶給我多大的快樂呀！你為什麼不抓住我苦心相贈的機會呢？為什麼呢？

我告訴依第，那又是個寫作班的女孩。也許二十歲，也許不到，也許多一些。她把從上課第一天開始對我的感覺，全記了下來。起初，她買飲料給我，向我示好。一陣子以後，她淚眼婆娑地向我示愛。也不過三個月的課程，她把我和她的關係描繪成撐起無垠天空的大傘。只要我一離開，傘斜了、收了，天便塌下來了，她必然就要死在傘下。我告訴依第，這種自己找上門來的麻煩，形同威脅或精神綁架，惹我厭惡。最好的解決辦法就是禮貌地婉拒，不再理睬。我的任何反應，都會讓對方有錯誤的解讀。然而我沒告訴依第的是，年輕女孩對我示愛是種愚蠢，但是不知道為什麼，我喜歡這種愚蠢，甚至歡悅在這種愚蠢裡。也許我是那麼地虛榮，但我不願意和她們有任何牽扯。她們越要給，我越不拿。她們站在生活的開端，不懂人心，這樣的幼稚與幼嫩怎麼打動得了我。我告訴依第，上床這件事雖然不能像雄狗一雙前腳搭在母狗背上那般，當街就做了起來，卻也是隨時隨處可進行的。很可以想像，原始人類就是如狗這般生活，演化後的婚姻制度，是人類共同生活以後為了繁衍後代、減少衝突而發展出來的結果，值得人們遵守，否則不就活回遠古時代了？依第聽完我的一番大道理之後，問，她和我呢？她和我是一對狗嗎？

你看看，思諾。依第心裡是否和我一樣有著許多恐懼？否則她怎麼會把我和她的關係，與女學生對我的單方愛戀放在同一天平上比對呢？難道她的恐懼竟然深重到足以讓她忘懷，女孩的青春愛戀怎麼可能比得上我與她之間的，因摯愛純美而牽扯出的萬千糾結呢？我提醒了依第這一點。她靜靜地陷入沉思，不再說話。

收到秦年祕書的通知，我有些訝異，原來小文改拍電影的事情，我真是忙忘了。秦年希望我去他的辦公室看看男女主角的定裝造型是否符合我的想像。這次同樣約週六下午，對他、對我都方便。再次到地鐵的大轉運站，人群仍是烏壓一片，但是我不再有焦急、躁動的情緒。能和依第不定期地見面，已是人間大喜。除了文債、應付學生以及出考題之外，生活中的形形種種不再是累贅。回想那時為了尋找依第，我在地鐵外急切地左跑右跑又前望後望。路人看著，應該是覺得，哪裡來的外異生物一下子找不到回家的路了。也許是那時對於尋找依第紅色洋裝目標的過度執著，我清楚地意識到，從那時起，我對於紅色的趨向應該就等於夜間小蟲子見到人家燈火時的歡躍。

秦年給看了兩個年輕人正面、側身的遠近照片，我才發覺，選擇角色竟然可以如此繁瑣，也著實不簡單。坐在影院裡，只要動用耳目、情緒，人就完全沉浸在另一情境中而自我忘卻。那情境可以是熟悉或陌生，人可以是自願或被迫地進入那設想過的悲歡，更可以是一旦看了便此生不忘。或是，影片可以糟得，不說是感官了，就連皮膚也不願給沾上而急急推開、遠離。但是不論影片的優劣，直到能在影院放映前的系列工作，一般人不容易想像其間需要多少聯絡與配合。我告訴秦年，女主角應該多以編織著兩根辮子的造型出現。我寫這小故事是以依第為原型。那時她梳高馬尾，清爽俐落，但外型難以和決絕殉情的小女人沾上邊。當然，清爽俐落和決絕殉情不容易產生聯結，這看法過於主觀，只是我尚未學會跳脫受到常年餵食的觀感或將事物陌生化的寫作方法，也許永遠學不會。在故事裡，她的外貌與行為做事全由我決定，我那時確實把依第想成穿著小碎花棉衫裙的年輕女孩。至於躺在棺木裡的年輕人，我對他沒有任何想像，因為不需要，因為故事自始至終沒有他的直接參與。為了因應電影拍攝，我讓這年輕人去食堂吃飯，才有機會認識在食堂工作的女孩。那時為了定時定點等待可能出現的依第，我毫無心思編構其他情節，便拿過去寫的一篇交差。希望可以是女孩家鄉的背景。你再聽聽看吧，思諾。

她這名字取對了，也取錯了。

如花。如花確實美得如花。如花的爹是個瘸子，娘啊，重聽。爹娘就這麼個女兒。

哪個剛出生的囡仔不是成天睡著的？大不了哭上幾回。如花不同。她一落地沒幾個時辰就張著雙眼笑；沒錯，是眼睛笑。杜姑婆把她從娘胎拉出來時，著實吃了一驚。這娃兒不像一般紅撲紅撲地皺著，竟然是全身飽足雪白，哭聲也特別旺。瘸子爹見了歡喜，下田一得空不再蹲在埂子上抽菸，一蹬一蹬地趕回來看女娃兒。有那麼幾次，娘在屋外梁下煮大米，夜雨淋濕的材枝發不了火，倒是起了大菸。娘被燻得使勁兒地咳，哪兒聽得到娃兒在吊藍裡餓得哭？這哭聲可是讓瘸腿爹跳過門檻兒進屋來，把娃兒抱在懷裡喲喲喲地哄著。等到娘咳夠了，他們才易手。娘餵奶，爹燜筍子去了。

說也奇怪，生了如花之後，怎麼娘胎裡就再也蹦不出個仔兒來。

翠村就躺在翠山下，地方不大，平疇綠野，一切順當。做田的、開小鋪的、打狗鏈的、賣胭脂的、挑糞的、扒口袋的，村民們倒也活得扎實。村子的北頂有個學堂。那學究還真是長命，教了老子，教了兒子，連孫子也不放過，幾十年了，還能蹣跚地守著學堂，就像江邊石壁上那幾棵曝根虬松，把四季站成了永恆。村外水江一口氣把村子圍了三面，每年發幾次水，時小時大，端看老天爺愛怎麼使。水大了，一家人坐屋裡發愁，水小了，孩子到處玩水瘋。

不知是女兒一出生就標緻，瘸爹才給取了個如花做名，還是娘心爹心一意要女兒出眾，好讓這名兒給女兒一生定調。依時令，按時辰，如花可以是朵在和風中搖曳的金櫻子，也可以是敬神時大夥兒搶著要的大牡丹。如花就這麼如花地在爹娘身旁蹦跳了幾年，轉眼就到了上學的時候。

學堂裡有幾個長了如花好幾歲的大孩子，不論男女，他們結了幫，專欺生。如花上學第一天就栽到了他們手裡。不是因著如花的清新秀逸，也不是因著她碎花衣上的小辮子飛揚，是如花鼻尖上那顆黑痣招惹了大孩子的毛躁。

那痣，一派氣定神閒地端坐在如花高高的鼻頭上，那麼霸氣，那麼招搖，那麼讓人閃躲不了！

「蟑螂屎，蟑螂屎，如花鼻上有顆蟑螂屎」，不知誰先喊了這話，然後就像市場朝慶伯攤上纏繞的棉花糖那般，話越滾越多、越密，後來竟然給編成了謠，傳唱成村歌了。再後來，蟑螂屎給頌成了如花屎。護著如花，裝著聽不懂蟑螂屎的好心人現在也不得不交代明白了。不過，當如花屎又傳唱成花屎時，爹娘倒是寬了心，這事和家裡的碧玉姑娘無關。花，怎會有屎？

爹娘的安慰是自個兒給的。花屎伴著如花日昇日落，再幼稚的娃兒也明白什麼是屈辱，什麼是傷痛。不上學不成，上了學，原本一雙笑眼，三天兩頭就要哭紅了。

那些天，雨個不停，江水漲了，石板路沖刷得乾淨，連隻貓狗也不得見。雨越下越大，水越淹越高，娘看勢頭不對，催爹去接小如花回來。北端學堂讓渠江的小支隔著，只有一道如絲線的吊橋和村子相連。遠遠地，爹看見成排的孩子就要過橋。想是學究心慌水漲，提早下學了。橋下的江水混濁奔騰，巨石擋道，大水噴濺。正當孩子在大幅擺盪的細橋上小心移步時，對岸繩索突然從樁子上斷脫，那橋順勢飛了起來，孩子們像斷了線的珠子，一個個掉入洶洶江水，浮浮沉沉，不過眨眼功夫，全都不見了。江水在北尾端轉了個大彎，夾雜著嘩嘩大響，往天邊奔了去。

過了好一陣子了，景縣黑水溝裡什麼時候擠進了五具屍體，全都像東北戲裡雪山人穿得那般臃腫。官家也通知了爹娘來認屍。屍是看了，哪認得出？各個漲了少說有兩倍大，變了形，衣衫也不全，不過是這裡披了小塊兒，那裡貼著小片兒在泡了水發了白的人體上。倒是如花給認了出來，就因她鼻頭上那黑痣。現在這痣無關屎不屎了，和整個臉相較，也不過丁點兒大。

其他人讓牛車走了多少時辰運回村子集體埋了個說不出姓名的四人塚。就如花有個墳，美著咧。爹娘在墳的四周全種了花兒，圈出塊好地引蜂引蝶。不論四季五季或六季，金櫻子和牡丹花總是併開在風裡哟。

秦年說，編劇有了〈如花〉，故事背景更加明晰。不過，為了串聯〈寶慶路〉和〈如花〉這兩篇，確實費了些功夫，她希望能和作者談談。在編劇聯絡之前我打算和依第商量，或許她會有不同的想法。能和依第共同做一件事情，真令人期待。也許我可以在工作的時候開她的玩笑，也許可以假意地諷刺她，也許說服她不要有太多的旅行，應該多陪我。

那天買了依第喜歡的烤玉米，還特別吩咐要多刷一次辣椒醬。我在平房裡等著，也想想可以寫出什麼內容給下一週的會話課。學生們喜歡我寫的情境對話，她們說，課本裡的太死板、太無聊。老師們說，我太過於寵學生，只是把自己忙壞了。我倒不這麼認為。只要學生覺得有趣，我才有興致上課，否則幾十年教書，人生太過沉悶。

等著，等著。約定的時間過了半小時之後依第才到達。見了我，她勉強笑笑。我問她是否路上交通出了狀況被耽擱了。她只是悶悶地搖搖頭，不回答。也許她太累了，也許沒睡好。我讓她坐在竹沙發上，隨即去廚房拿烤玉米。當我從袋子裡取出玉米時，依第聞著味道卻開始乾嘔。過了一會兒，她突然衝到浴室去。門雖關著，我仍然清楚聽到她在裡頭吐得辛苦。依第出來後，顯得相當憔悴。我焦急地問，她是否病了？去看過醫生了？依第又是悶悶地搖頭，也不吱聲。我只好踱到書桌旁，坐下，耐心地等著。過了一下子，依第才幽幽地說：「我懷孕了。」我愣了一下，以為聽錯了。依第重複一次。我聽對了。二十多年來她一直希望有自己的孩子，卻是一次次地失望。醫生說，問題出在她丈夫薛立祥身上，目前醫學界沒有解決的辦法。現在，就是奇蹟了！依第雖然害喜，身體極不舒服，心裡一定很歡欣。

我也為她高興。她的苦等，不，她的失望，甚至絕望，全都成了過去，她的缺憾也不必要再祕藏心底而在人前開懷笑著，背著人時卻是萬千個不甘心。現在她正休息，定一定神，等一下要吃要喝，我都有。就是陪著，我不說話。一小陣子過後，依第以比針尖還細的聲音說：「孩子是你的。」我愣了一下，應該是聽錯了。依第見我沒動靜，又重複一次。我聽對了。我當下的反應是，我的反應是……。一直以來，沒有我無法形容的情況或情緒，我以此為榮，引以為豪。然而就在依第說話的那一剎間，我的腦子一片空白，身體完全被掏空，或是身體消失了。我消失了！我不要存在！我拒絕存在！我那麼好的聽覺膽敢欺騙我。我那麼深愛的依第為什麼胡亂說話？我從椅子上跳了起來，離依第遠遠地。她突然變成了一條毒蛇，正吐著舌尖向我示威。也許當時我的臉色很難看，模樣很猙獰，因為依第看起來很受驚嚇的樣子。她蜷曲著身體，似乎要保護自己不受到我的攻擊。接著我聽到自己咆哮著說：「怎麼知道是我的孩子？怎麼知道的？妳能證明？」「當然可以。算時間，立祥正好在西貢出差。而且他早就沒這份福氣。孩子不是你的，會是誰的！」依第說得那麼堅決，那麼理直氣壯。

我，連昊天，漸漸回來了，從虛無回來了。我的身體重新注入血水，我的張口重新有了氣息，我的四肢又能運作。被依第嚇得逃走了的魂魄必須回來。因為就在這裡，就在這時候，有個巨大事件等著我解決。

依第說得再清楚不過，無論如何她要保有這個孩子。可是所有人都知道妳不可能有孩子。我知道，但是我一定要這孩子。我跟你，我們的孩子。不要說笨話。妳怎麼跟薛立祥講清楚？妳要說，妳有外遇，所以有這個孩子？我不知道，我還不知道怎麼辦。但是我要這孩子，我等了半輩子，好不容易有了，我絕不放棄，我沒有理由放棄。依第，妳替我想想，如果大家知道我在婚外又有個孩子，我怎麼立足？我的家庭、學校、文壇，我的整個有形、無形的世界不就全部要坍塌？我活著不就等於死去？不會有人知道的。怎麼可能不讓人知道？妳要怎麼對薛立祥解釋？妳要告訴他，因為奇蹟，所以他突然可以有孩子了？他會相信？他不信也得信。這孩子我要定了。依第，妳冷靜想想，薛立祥不會因為起疑而再去找醫生檢查嗎？無論如何妳必須終止懷孕。生下這孩子，妳會毀了妳的家庭，也會毀了我的家庭。

這麼殘忍、這麼淒慘的對話一遍遍地重複，直到我和依第都乏了、累了，都再也講不出一個字來。什麼換位思考，什麼將心比心，什麼把你的腳放入對方的鞋子裡，以便感受到別人是多麼不同，所有的聰明話在這情況下完全失去作用。我們都只想贏，都只想贏得對方支持自己，因為我們都認為自己才是正確的。我們各自的立場堅實不動搖，我們各自的理由四海皆準。要是說給別人聽，他們一定會站在我們各自的這一邊。事實是，再多的堅持都只有口中話語，對於事件本身並不起任何作用。我們必須自己找出解決的辦法，因為我們的事情不能說給其他人聽。依第的密友全不知道她和我這一關係的存在。至於我，就連一個可以掏心肺的朋友也沒有。即便有，我也不會透露任何風聲。許多人都有自己的好友，也都有把握朋友不會出賣自己。可是，連一開始就能認出耶穌是天子主的伯多祿都能在關鍵時刻因為恐懼而三次不認耶穌，更何況凡人會如何出賣朋友或被朋友出賣？我和依第就像兩個面對面站立著的螢幕，節目裡的人同時有許多表情，同時大聲講話，同時太過激烈辯駁而阻止了人們聽出他們正說著什麼。依第非常憤怒。現在，她的臉和恐怖掛了勾，她的心似乎出現了一個毒意。她開了門，出去。她發動引擎，走了。我抱著頭，整個人蜷在沙發上喘氣。依第又走了。這次的離開不僅再度給我身心巨大的重擊，更留給我非常棘手的難題。我責備依第太過粗心大意，依第問，到底誰應該小心？這是我們第一次相互指責，第一回彼此生氣。原本一場完美無缺的愛戀關係，現在卻意外地出現裂痕，甚至是碎了一地。我呵護依第如同口袋裡的一顆珍珠。我寶貝我們的關係如同不容撕裂的珍繡錦緞。我要改變永恆的魔咒，這魔咒原是不允許人間有不褪色的愛情。其實，我不要多，只要有。我不要黏答稠濃，只要清晨的一道曙光，天際的一抹彩虹，只要一個素樸的不同於一般的唯一。

我們開始頻繁的電郵往來，卻以繞圈的形式，重複彼此不知說過多少遍的話。時間不站在任何人的一邊，胎兒一天天長大。天主求祢垂憐，基督求祢垂憐。天主求祢垂憐，基督求祢垂憐。每天一醒來，我總希望事情已解決，危機已消失，因為依第告訴我，她已去墮胎，一切回到過去，一切都再度美好。只是現實並不如人所料，思諾，你是知道的。現實從來就不如人所料，現實從來就是拒絕實現人們的期望。

依第主動邀我面談。她在電郵中寫道，即使她離婚，斷絕我們的關係，也要保有這孩子。這是極端瘋狂的想法。我從不知道為了一個胚胎，女人可以如此不擇手段。從未真正上班過的依第能夠找到什麼樣的工作？她要住在哪裡？怎麼養活自己和嬰兒？難道她不曾自問過這些很快就要面臨人生大轉折所產生的難題？我答應面談，我做好了準備，只要沒有孩子，什麼都可以答應依第。雖然心裡清楚，我們除了愛戀彼此，單純而專一之外，沒有足以反目成仇的把柄握在對方手裡。

約見那天是個週日，有著強颱預報。依第自從離開後，她不曾再到平房來。就連這次談話，她也不願來。高速公路休息區應該是最不可能巧遇認識者的地方。依第決定了她認為適當的地點。那個週日早晨下著不大不小的雨。風雖然強了些，也只是足夠讓人或許延後幾個小時才外出。中午過後，風增大雨增強。我留意著依第是否打電話來延遲見面。我始終握著手機，直到不得不出門。一路開車，才知道這風雨多麼不友善。路上幾乎沒有行人和其他車輛。風，多麼狂暴，我覺得車子有些搖晃。放在旁座上的手機一直沒有動靜。我多麼希望依第在最後一刻取消這次見面。

上了高速公路，由於少了阻擋的建築物，風颱得更加強勁。雖然開了最快速左右擺動的雨刷，能見度仍是極差。接近依第指定的休息區，偌大的停車場依稀可見只停了幾輛車。雨斜下著，橫下著。這麼大的風雨依第應該是不出門了。她沒來電話，是要懲罰我？還是她出事了？我們早就約好，必要時她給我電話，我從未有過她的手機號碼，也從來不需要，所以也就沒記下。停車場和休息購物區之間有條小路，路上劃著行人穿越的白色斑馬線。休息區在這種氣候情況下是否營業，很令人懷疑。我決定折回。轉了一個小彎，我開上了小路，一心只想趕緊離開這地方。狂風呼嘯，車子好像有些飄動。擋風玻璃前是一片厚厚的白簾子，幾乎什麼也看不見。突然似乎是紅色的什麼在眼前閃過，我的車子頓了一下，感覺上應該是稍微凸起路面的斑馬線區。我心中惶惶，小心翼翼，極度不安地終於把車開回住處的地下停車場。上了樓，家裡的兩個女人輪流問我，究竟去了哪裡。她們責備我，再重要的事情也不應該在這種天候外出。有如經歷一場大事故的倖存者，我疲累地癱坐在沙發上，不說一句話。心裡有萬泉噴發，腦中卻一片空白。我感到不祥。是不是就要像六年前那般失去依第？那時候的依第是獨自一人，現在除了依第還有一個我的孩子！我多麼痛恨這件事情的發生，甚至懷疑那孩子真是我的。啊，我是那麼樣地煎熬！天主求祢垂憐，基督求祢垂憐。天主求祢垂憐，基督求祢垂憐……

直到第二天讀到消息，看到事發現場的照片，依第的紅色洋裝上多加了件白色外套，她右腳的白涼鞋脫落在十公分之外。她靜靜地在深灰色的柏油路上趴著，如同我們做愛之後，她趴在床上時的滿足與祥和。我突然全身劇烈顫動，無法控制自己。我高強度地發冷、發熱，一病不起。我躺在床上一動不動，腦海裡卻有萬千火山噴發炙烈的熔岩，不間斷地膨脹灼燒。我如同胎兒一般蜷縮著身體，抱著枕頭遮住整個臉。我的世界完全坍塌粉碎，不可能再還原。那是種徹頭徹尾的死絕。外面的世界陽光正豔，人群繽紛，憤恨與恩愛並存。我卻困在冰山裡，完全的死冷與暗黑，決絕的孤寂和靜默；或是就連孤寂與靜默也沒有膽量和我作伴……

思諾，我和依第的事情，只能對你說。除了你，沒人知道我們之間發生了什麼。現在我說出來，有你聽著，感覺好了一些。這三個月來，我常常自言自語，因為我想得太大聲了，我的耳朵必須聽見另一種聲音，我必須設法以另一種聲音蓋過、淹沒心裡的聲音；我必須大聲地告訴自己要停止思想、要停止思想……

啊，思諾，思諾……

我不是蔣思諾。我是依第的丈夫薛立祥！

……

……

電話掛斷。不，應該是摔掉的聲音。電話的那一頭沉寂，我的耳朵裡卻仍然充滿了那個陌生人的聲音，腦子裡充塞著那個陌生人的話語，良久、良久。我似乎很了解他的心情，似乎很同情他，似乎很可以和他做朋友。他把我帶進了他的世界，他讓我和他共渡了他的大半生，他那毫無保留的大半生。不過，這男人，既然看了報，當然知道他的車子在休息區小路上的那一頓是怎麼回事，那一頓轉折了多少個人生！他不但殺了我的妻子，也同時殺了他的孩子。他說了那麼一大堆的懺悔與救贖，不過是把自己的遮羞布晾在太陽下給人看罷了。真正的假面其實是他自己！

這個有能力讓我突然感到熟悉的陌生人，卻把我真正熟悉的依第翻轉成一個陌生人，一個我從未知曉的依第，一個我從來不認識，從來就沒見過面，也從來沒一起度過哪怕只是一個下午的陌生女子。我根本無法想像優雅、矜持、內斂的依第如何與別的男人調情，甚至上床！現在我才突然醒悟，客廳牆上的那幅巨大畫作才是真實依第的寫照。紅裝女人是依第高尚得令人幾乎不敢直視的外表，而黑豹才是她靜止未動卻是蓄勢待發的內心。

從依第的房間大窗望出去，才知道雨已經停了。來不及收拾自己的雨滴相繼從斜屋頂的簷子邊緣往下跳。海上有些煙氳，受到了微風吹襲，裊裊婷婷。遠處房子與房子之間的樹叢翠綠。眼前的景致一片太平。不知道是我的心緒笑話景致的不懂人間事，還是景致輕蔑我心緒的不夠沉穩，窗外與窗內是不調諧的兩重世界。我在依第書桌前坐了很長的時間；也許兩小時，也許三小時，或更多。我對自己的不憎怒、不咒罵感到無比驚訝。人說的痛徹心扉正是我現在的模樣？就坐在亡妻的書桌前看著無事的風景？

太陽變柔了。一階又一階我緩緩下樓。現在我有一個名字、一個電話號碼，急什麼呢？換上外出服，穿上休閒鞋，我走到車庫前，一按鈕，車庫門從下往上緩緩掀開。依第的MINI和我的Bentley靜靜地並列著。阿珍讓依第訓練得手腳靈活，兩部車都擦得晶亮。

想了想，那麼就開MINI吧。先去警局，然後到保養廠去，把依第的車處理掉。

名詞對照

克林姆	Gustav Klimt
《哭泣女人的黃金淚》	goldene Tränen
貝督因人	Bedouin
智慧天使革魯賓	Cherub
葛利果聖歌	Cantus Gregorianus
富比士榜單	指美國商業雜誌《富比士》（*Forbes*）每年三月發佈的全球富豪榜（The World's Billionaires）
喬治・歐威爾	George Orwell
遜尼派	Sunni
什葉派	Shia
佩加蒙博物館	Pergamonmuseum
伊斯塔城門	Ishtar Gate of Babylon
尼布甲尼撒	Nebuchadnezzar
葛拉斯	Günter Grass
社會民主黨	Sozialdemokratische Partei Deutschlands，簡稱SPD
錫鼓	*Die Blechtrommel*
第三帝國	Drittes Reich
黨衛軍	Die Waffen Schutzstaffel，簡稱Waffen-SS，又譯武裝親衛隊
德意志少年團	Deutsches Jungvolk
希特勒青年團	Hitler-Jugend
漢斯・蕭爾	Hans Scholl
索菲・蕭爾	Sophie Scholl
克里斯多福・波羅斯特	Christoph Probst

巴斯卡	Blaise Pascal
卡爾・阿爾特	Karl Alt
瑛格・蕭爾	Inge Aicher-Scholl
納坦雅胡	Benjamin Netanyahu
海明威	Ernest Hemingway
艾略特	T. S. Eliot
莎拉・丹尼爾斯	Sara Danius
鮑伯・迪倫	Bob Dylan
卡塔琳娜・弗羅斯滕松	Katarina Frostenson
讓一克洛德・阿爾諾	Jean-Claude Arnault
愛麗絲・卡爾松	Elise Karlsson
村上春樹	Murakami Haruki
斐瑞斯	Simon Peres
阿巴斯	Mahmud Abbas
哈尼耶	Haniyeh
法塔赫	Fatah
哈瑪斯	Hamas
亞倫・強生	Alan Johnson
《奧斯陸協議》	Oslo Accord
謝克爾	shekel
沙威瑪	shawarma
班克西	Banksy
喬治・華盛頓	George Washington
亞瑟・貝爾福	Arthur Balfour
《貝爾福宣言》	Balfour Declaration

麥克馬宏	Sir Henry McMahon
麥加謝里夫	Sharif of Mecca，即麥加的領導人
胡笙	Hussein bin Ali
甘地	Mohandas Karamchand Gandhi
馬丁・路德	Martin Luther
伊瑪目	Imam
畢卡索	Pablo Picasso
拉赫曼尼諾夫	Sergei Rachmaninoff
紐瑞耶夫	Rudolf Nureyev
雷諾瓦	Pierre-Auguste Renoir
《露天平台》	Les Deux Soeurs
教宗大聖額我略	St. Gregory the Great
莎士比亞	William Shakespeare
杜斯妥也夫斯基	Fyodor Dostoyevsky
但丁	Dante Alighieri
馬塞爾・萊希―拉尼基	Marcel Reich-Ranicki

釀小說139　PG3095

誘惑

作　　者　　顏敏如
責任編輯　　尹懷君
圖文排版　　陳彥妏
封面設計　　嚴若綾

出版策劃　　釀出版
製作發行　　秀威資訊科技股份有限公司
114 台北市內湖區瑞光路76巷65號1樓
電話：+886-2-2796-3638　傳真：+886-2-2796-1377
服務信箱：service@showwe.com.tw
http://www.showwe.com.tw
郵政劃撥　　19563868　戶名：秀威資訊科技股份有限公司
展售門市　　國家書店【松江門市】
104 台北市中山區松江路209號1樓
電話：+886-2-2518-0207　傳真：+886-2-2518-0778
網路訂購　　秀威網路書店：https://store.showwe.tw
國家網路書店：https://www.govbooks.com.tw
法律顧問　　毛國樑　律師
總 經 銷　　聯合發行股份有限公司
231新北市新店區寶橋路235巷6弄6號4F
電話：+886-2-2917-8022　傳真：+886-2-2915-6275

出版日期　　2024年11月　BOD一版
定　　價　　320元

Printed in Taiwan

讀者回函卡

國家圖書館出版品預行編目

誘惑 / 顏敏如著. -- 一版. -- 臺北市 : 釀出版,
2024.11
面 ;　公分. -- (釀小說; 139)
BOD版
ISBN 978-626-412-016-6(平裝)

863.57　　113015245